中华学人文库

「她」的故事

穿越古今的性别阅读

梅家玲 著

重庆出版社

中文简体字版 ©2025 年，由重庆出版社有限责任公司出版。
本书由三联书店（香港）有限公司正式授权，同意经由凯琳版权代理正式授权。
非经书面同意，不得以任何形式任意重制、转载。
版贸核渝字（2022）第 138 号

图书在版编目（CIP）数据

"她"的故事：穿越古今的性别阅读 / 梅家玲著.
重庆：重庆出版社，2025.7. -- ISBN 978-7-229
-19102-3

Ⅰ. I206

中国国家版本馆CIP数据核字第2024J6A268号

"她"的故事：穿越古今的性别阅读
"TA" DE GUSHI: CHUANYUE GUJIN DE XINGBIE YUEDU
梅家玲　著

责任编辑：秦　琥　陈劲杉
责任校对：刘小燕
封面设计：L&C Studio
版式设计：侯　建

重庆出版社　出版

重庆市南岸区南滨路 162 号 1 幢　邮政编码：400061　http://www.cqph.com
重庆市国丰印务有限责任公司印刷
重庆出版社有限责任公司发行
全国新华书店经销

开本：787mm×1092mm　1/32　印张：8.25　字数：175 千
2025 年 7 月第 1 版　2025 年 7 月第 1 次印刷
ISBN 978-7-229-19102-3

定价：79.00 元

如有印装质量问题，请向重庆出版社有限责任公司调换：023-61520678

版权所有　侵权必究

自序

当"文学"遇上"性别"

当我们阅读古典诗歌的时候,会不会发现,总是有数不完的"思妇"站在楼头凝望,期盼良人归来?阅读志怪小说,会不会好奇,其中的人鬼婚恋,作为"鬼"的一方,为什么不但多数是"女鬼",而且还要"自荐枕席"?说穿了,这都是文学中"性别意识"的体现。

"性别"问题向来与文学传统、历史文化以及社会政治环境息息相关。然而以性别研究的角度去解读文学,却要直到20世纪以后,才逐步开展。它始于关注"女性文学"与"文学中的女性",进而扩及探析文学中的两性互动,以及潜藏于其间的,关乎欲望、权力、言语等不同复杂面向的纠结消长。在台湾学界,性别研究的对象原聚焦于现当代文学与艺术,但不久之后,也为古典文学研究者借鉴,无论是诗歌小说,散文戏剧,都因此发展了许多深具新意的论述。

我原先从事的是古典文学研究,自20世纪90年代中期开始,试图以性别论述的角度去研读魏晋六朝的诗歌与小说,省思传统性别观念下,古典文学研究的不足之处以及重新诠释的可能。与此同时,基于对现当代小说的兴趣,也尝试就此进行研探。本书所辑录的五篇论文,前三篇分别探讨了汉晋诗歌中的"思妇"、《世说新语》中的"贤媛",以及六朝志怪小说中的"人鬼姻缘"故事,是为古典文学的性别研究。后两篇关注现当代文学,聚焦于林海音、凌叔华、李渝的小说,反思其间的女性意识、性别建构与叙事美学。两者相互映照,既可看出古典文学与现代文学于同一论题进行研究时的参差取径,同时,也可观照"性别"论题如何穿越古今,在文学的阅读与书写时,成为开启新变的另类重要因素。

然而,古典文学源远流长,即或同属古典文本,也会因为所出现时代的早晚,内蕴不同特质,体现不同风貌。基本上,早期古典文学中的女性作者实属凤毛麟角,在作者多为男性文人的情况下，我们很难挪用既有的女性研究观点去探讨其中的"女性文学"或"女性意识"。反倒是必须经由文人作者和各种文学传统、社会文化的交涉过程，去检视男性文人笔下的女性形象与两性互动，进而厘析其间的性别／权力关系与文化建构。

以汉魏六朝文学而言，可见的是，诗歌中的"思妇"，虽然是"文学中的女性"，读者却早已将其诠解为男性怀才不遇、文人企盼明君的喻托，并不以真正的女性人物视之。但若爬梳文学史，却会看到，仍有不少女诗人，她们本身未必有良人不归的经验，却也如前辈的男性诗人一般，写下了思妇诗，我们将如何看待这些女诗人及其诗作？六朝"人鬼姻缘"故事中，虽然绝大多数都是"女鬼"自荐枕席，但偶然也会有"男鬼"进入阳世，寻找女人交欢，这又是什么缘故？"女鬼"或投怀送抱，或挟怨报复，或临别赠金，或为人夫产子，不一而足。这些人鬼相恋交婚、穿梭阴阳的情节，表面看来，大多可从传统"男尊女卑"的观念去理解，但仔细阅读，当会发现："生理性别""社会性别"与"阶级""情欲""话语形构"等多重因素之间的纠结与拉锯，才是志怪小说

"人鬼姻缘"所以体现的内在动因。至于《世说新语》特为"'贤'媛"立篇,看似从素重"妇'德'"的传统社会文化中重新"发现"了女性,肯定了女性的风神才辩之美;但事实上,那不过是汉晋以来人物品鉴风气下的部分结果,"贤"的标举,不仅并没有将女性从社会文化的桎梏中完全解放出来,反而凸显出"才"与"德",传统与当代,个人才性与家庭社会、世族门第间的多重颉颃与协商,以及女性在其间的依违辗转,摆荡游移。

相对于早期古典文学中女性作者的缺席,现当代文学的女性作者为数既多,风格形态亦极其多元。她们各有自己的美学理念,甚至具有高度自觉的女性意识。落实于小说书写,遂不仅开展出不同于男性作者的风貌,甚且或无意,或有意地改写了既有的男性历史观与文学传统。她们始于关注女性自身的婚恋问题,从边缘位置去遥望主流文化,从叙写生活中的细节去凸显自我主体;也因此,凌叔华的《古韵》、林海音的《城南旧事》等小说中的女性童年视角,所召唤出的,乃是远离政争烽火,超越国仇家恨的北京记忆。而毕生信奉现代主义的李渝,更是以自觉的女性意识,在"故事新编"的文学传统中别出蹊径。她以《和平时光》与鲁迅的《铸剑》对话,重写了一则剑匠子女为父复仇的故事,但却是化寇仇为知音,将暴力升华为艺术,体现出女作家独特的关怀与书写姿态。

综括而言,本书所阅读研析的文本涵括汉魏六朝文学与现当代小说,所关切的,正是"她"如何从男性中心的性别文化中浮出历史地表;"'她'的故事"如何从被男性文人书写建构,转变为由女性作者自我呈现,更进而落实为男女作家不约而同地翻转成规,更新文学想象。"她"的故事曾经穿越古今,铭记着女性从"传统"逐步走向"现代"的步履踌躇;瞻望未来,相信它仍将以其所标识的女性主体与性别意识,引领我们阅读不同的文学风景,与时俱进,日新又新。

梅家玲

目录

自序 1

汉晋诗歌中「思妇文本」的形成及其相关问题 1

依违于妇德与才性之间——《世说新语·贤媛》的女性风貌 75

六朝志怪「人鬼姻缘」故事中的两性关系——以「性别」问题为中心的考察 127

女性小说的都市想象与文化记忆——林海音与凌叔华的北京故事 171

女性意识、现代主义与故事新编——李渝的小说美学观及其《和平时光》 211

著述举要 243

汉晋诗歌中『思妇文本』的形成及其相关问题

一、前言

> 明月照高楼，流光正徘徊。
> 上有愁思妇，悲叹有余哀。
> 借问叹者谁？言是宕子妻。
> 君行逾十年，孤妾常独栖。
> 君若清路尘，妾若浊水泥。
> 浮沉各异势，会合何时谐？
> 愿为西南风，长逝入君怀。
> 君怀良不开，贱妾当何依！
>
> ——曹植《七哀诗》

盛年妇女的楼头怅望，深闺幽思，一向是中国古典诗歌中习见的"文本"。自汉魏以来，写女子相思、闺怨之情的诗歌奕代继作，迭见不鲜，前引的曹植《七哀诗》，正是脍炙人口的名篇之一。这类歌诗，在田园、山水、咏史、咏怀、边塞等重要主题之外，隐然也形成自成一格的写作传统。然而，此一文本如何形成？其形成过程中是否还关涉了其他方面的问题？个中委曲，迄今似未见有专文论及。① 因此，本文乃由中国诗歌发展过程中，最具关键性的时期——汉晋时期着手，就其时"思妇"文本形成、发展的情形，及其相关问题，予以探析。在进入正式论析之前，拟先就"思妇文本"的特质、作者身份等问题，先略做说明。

所谓"思妇"，简言之，即为幽居深闺，日夜思夫、盼夫来归的妇女。其所以会有如此言行表现，大抵是丈夫因游宦、征戍远走天涯，为妻者不克偕行，于是，由空间疏离阻隔而起之怀想不舍，与随时间流变而生之猜

---

① 大陆学者康正果著有《风骚与艳情——中国古典诗词的女性研究》一书（台北：云龙出版社，1991年），曾就古典诗词中的女性形象多所论述，其间亦有言及"思妇"者。但其说多就诗歌文字现象抒论，其文本背后的相关问题，则着墨不多。另外，叶嘉莹先生的《论词学中之困惑与〈花间〉词之女性叙写及其影响》一文，亦曾就传统文学中所叙写之女性形象与身份特质有所论析，但所论亦并未及于汉晋诗歌中的"思妇"。该文收入《词学》第十一辑（上海：华东师范大学出版社，1993年），第146—200页。（同一文献再次引用时信息从简。全书同。——编者注）

疑忧思，遂一再于深闺幽居之妇女的心头涌现；朝朝暮暮，岁岁年年，一任四序纷回悠悠漫衍。

然而，除却有形的时空阻绝之外，所爱者移情别恋，亦足以变"咫尺"为"天涯"。此时，由于空间的疏离不再是唯一憾恨，故取相思之情而代之者，反倒是思而不得的怨情，与色衰见弃的哀情。也因此，由"思妇"而成"怨妇""弃妇"，亦为一虽不必然，但却不无可能的发展。更何况，两地相思的过程中，对良人情变与否的疑虑、忧惧，亦因彼此不相闻问，纠结为思妇心中的隐痛。反过来说，即或是已成"弃妇"，仍不乏深情不疑，一意期盼个郎心回意转之痴心女子。由此以观，则所谓的"思妇""怨妇""弃妇"，实皆为旧社会中，失意、独处之良家妇女的一体多面。而除民间一般妇女外，另有不少嫔妃宫女，其于青春方盛之时，便获选入宫，幸者，或可偶得君王临幸；不幸者，则终其一生亦未必得蒙雨露。然无论幸与不幸，红颜渐老、秋扇见捐，终究是不得不然的共同宿命。其思君、盼君之情，非但与民间妇女一无二致，甚且犹有过之。以是，本文所讨论的"思妇"，固以温柔敦厚、痴情无悔的在家妻子为主,但亦不排除若干具有"怨妇""弃妇"情质的妇女与僻处宫闱的"弃妃""怨女"。甚至于,还包括了在恋爱中与所爱分离,因而同样具有相思情怨的未婚女子。其原因,当由于其情怀、心境本自有声气相通处之故。

而"文本"(text),则包括"书写的和言谈的语词"及所有或有形或无形的人文活动和自然现象;透过对它的掌握、参与,乃有意象之唤起、意义之诠释,以及创作之表现等活动的继起。此外,"文本"的存在并非单一、孤立的,而是与其他"文本"间存有"互为文本"(intertextuality)的关系——换言之,任何一部文学文本都会"回应"(echo)其他的文本,或无可避免地与其他文本相互关联;其关联之道,包括了公开的或隐秘的引证和引喻、较晚的文本对较早文本特征的同化、对文学代码和惯例的一种共同累积的参与等。尤其,"思妇文本"所以能成为"自成一格"的写作传统,实与魏晋以后文人多以"拟作""代言"①方式摹写"思妇"

---

① 有关"拟代文学"的相关探讨,请参见《汉晋诗赋中的拟作、代言现象及其相关问题——从谢灵运〈拟魏太子邺中集诗八首并序〉的美学特质谈起》。收入梅家玲:《汉魏六朝文学新论——拟代与赠答篇》(台北:里仁书局,1997年),第1—92页。

情怀有关。由于文人与文学传统、政教环境间的多重复杂关系,乃使其别出于原始的民歌系统,而成为"文人诗"之一体。缘此,"思妇文本"所涵摄者,便不仅是孤立的"思妇"形象图现和单纯相思情怨的抒发而已,而是在这些基本质素之外,尚且隐括了"思妇"、文人作者和各种文学传统、社会文化机制的往来互动,以及在书写过程中,作者、文本、读者如何相互辩证、融会转变的实践历程。本论文的题目所以径以"思妇文本"取代传统的"作品""主题"之说,正是系因于此。

其间,十分引人注意的是:这些以写妇女相思情怨为主的文本,除早期不明作者的乐府古诗外,绝大多数皆出于男性文人之手。且就写作方式以观,以"全知全能"手法描摹"思妇"形象情怀者固然有之,但透过"妾""予""我"等字眼,以"第一人称"方式代"思妇"微吟长叹者,却为数更多。这不禁使人好奇:为什么明明是"女子之所思",却往往出自"男子之所写"?或者说,为什么身为男性的文人,会愿意将兴趣的焦点投置在失意妇女的情愁悲怨之上,并以她们的"代言人"姿态出现?他们写作的根据为何?

是纯粹为广大、普遍的不幸妇女表露心声，还是有其他的考虑？与早期民歌相较，是否有所不同？完成之后，又具有什么样的意义和影响？这些，都是"思妇文本"形成、发展过程中，相当耐人寻味的问题。其间，当时的妇女处境和婚姻状况固然值得注意，来自政教体系、文学传统的作用，更是不宜忽视。因此，以下将由"文学史"角度出发，就具现于汉晋诗歌中的相关文本予以整理归纳，除追索其形成发展脉络外，更拟就"传统社会之婚姻观与性别规范下的妇女处境""政教理想、诗学传统、拟代风气对'思妇文本'形成过程的影响"两项论题，探勘"思妇文本"背后所蕴含的问题；最后，则试图由"性别仿拟与女性主体的消解"之层面，对相关论题提出另类反思。

二、汉晋诗歌中"思妇文本"形成、衍变的考察

中国诗歌的源起，虽可远溯至《南风》之辞、《卿

云》之颂，但四言雅体，仍以《诗三百》为本，五言流调，则于汉季、建安之后始称成熟。故就现今可见之作品观之，汉晋数百年间，其两汉除极少数的文人之作外，唯乐府古辞可堪称道；汉季以后，则文人自作与据乐府旧题以敷衍发咏者，均所在多有。因此，推溯"思妇文本"的源起，固仍属诸民间风谣，但真正在诗歌发展中成为"自成一格"的写作传统，实在建安以后。故以下，便就"建安以前"与"建安暨建安以后"分别论述；前部分重在说明早期"思妇"多元风貌之展现，后一部分，则经由具体的对照、比较，指出魏晋文人如何借"拟作""代言"方式，为"思妇"凝塑出一定美学典型的进程。

（一）建安以前的"思妇"：多元风貌的展现

基本上，建安以前的思妇诗，因其体类不同，约可归属于三类：1.民间风谣及文人仿其体式而作的歌诗；2.《古诗十九首》中的"思妇诗"；3.写实赠答体（以徐淑的《答秦嘉诗》为主）。对建安以后的文人而言，它们正是从不同方面，提供了摹习、参照的对象。

首先，在民间风谣方面，所谓"情动于中而形于言，言之不足故嗟叹之，嗟叹之不足故咏歌之，咏歌之不足，不知手之舞之，足之蹈之也"（《诗大序》）。因情动而发为咏歌，本为有情生命感物吟志的自然现象；故来自民间匹夫庶妇的讴吟土风，常以其朴质天然、不假雕饰的情韵，成为诗歌史上最动人的篇章。早自《诗经》开始，各地风谣中便不乏男女相悦之辞，与随男女之情而衍发的爱嗔痴怨。其中，发自于女子之口者，有未婚女子对情人的呼唤表白、已婚妇人对丈夫之思念、被弃女子之愤怨伤悼，以及妇人对传统社会或家庭剥夺其婚姻自由而起的不平之鸣等。[1] 不过，同样是发抒女子对所爱的思而不得，无论是"青青子衿，悠悠我心，纵我不往，子宁不嗣音"的幽叹、"子不我思，岂无他人？狂童之狂也且"的嗔怨、"自伯之东，首如飞蓬，岂无膏沐，谁适为容？其雨其雨，杲杲出日，愿言思伯，甘心首疾"的刻骨铭心，抑或是"及尔偕老，老使我怨，淇则有岸，

---

[1] 有关《诗经》中的女性声音，可参见吴若芬：《直与纡——诗经国风中两种女性角色的声音》，《中外文学》13卷12期（1985年5月），第140—157页。

隰则有泮,总角之宴,言笑晏晏,信誓旦旦。不思其反,反是不思,亦已焉哉"的自伤自悼,① 在在呈显出庶民心灵的敏锐易感、活泼多元。

降及两汉,由于武帝"立乐府而采风谣,于是有代、赵之讴,秦、楚之风,皆感于哀乐,缘事而发",② 这些早期风谣的内容,多集中于刺美地方郡守、反映家庭问题及孤儿、妇女、鳏夫、流民、士卒的痛苦生活等方面。虽然所咏歌者,皆属都邑生活中之人民的体验和情感,与《诗经》多出自乡野者未尽相同,③ 故专言男女之情者,为数也并不多。但情感的质朴真率、不主一端,仍不脱《国风》民歌本色。即使其所抒发者,仍不外乎相

---

① 上引诸诗分见《诗经·郑风》之《子衿》《褰裳》;《诗经·卫风》之《伯兮》《氓》。
② 《汉书·艺文志》云:"自孝武立乐府而采风谣,于是有代、赵之讴,秦、楚之风,皆感于哀乐,缘事而发,亦可以观风俗,知厚薄云。"此一记载似意谓"乐府"为武帝之创制,然考诸《汉书·百官公卿表》所载,秦时已有"太乐"掌宗庙祭祀乐舞、"乐府"掌供皇帝享用之世俗乐舞。
③ 历来学者多本于因"采诗"而"观风俗、知厚薄"的观念,认为两汉乐府古辞同于《诗经·国风》,属于地方民歌。然细察现传之古辞内容,并不见具有地方风土特色之辞,而多偏于都邑下层生活之反映,故与《国风》之性质不尽相同。说参倪其心:《都邑人民的歌》,《汉代诗歌新论》(南昌:百花洲文艺出版社,1992年),第186—214页。

思之情、别离之苦、色衰见弃的忧惧，然其中情感变化，自有其各异之面目。试看以下二诗：

> 有所思，乃在大海南。
> 何用问遗君？双珠玳瑁簪，用玉绍缭之。
> 闻君有他心，拉杂摧烧之。
> 摧烧之，当风扬其灰！
> 从今以往，勿复相思，相思与君绝。
> 鸡鸣狗吠，兄嫂当知之。
> 妃呼狶！秋风肃肃晨风飔，东方须臾高知之。
>
> ——《有所思》，《先秦汉魏晋南北朝诗》之《汉诗》卷四

> 飞来双白鹄，乃从西北来。
> 十十五五，罗列成行。
> 妻卒被病，行不能相随。
> 五里一返顾，六里一徘徊。
> 吾欲衔汝去，口噤不能开。

吾欲负汝去，羽毛何摧颓。

乐哉新相知，忧来生别离。

躇蹰顾群侣，泪下不自知。

念与君离别，气结不能言。

各各重自爱，道远归还难。

妾当守空房，闭门下重关。

若生当相见，亡者会重泉。

今日乐相乐，延年万岁期。

——《艳歌何尝行》，《先秦汉魏晋
南北朝诗》之《汉诗》卷九

在此，《有所思》直抒未嫁女子因所爱负心而生的爱恨纠缠；《艳歌何尝行》借禽鸟喻托夫妻不克偕行的憾恨悲怨，这与其后"思妇文本"的重点或仍有所出入，但亦未妨视为先声之作。尤其是《艳歌何尝行》，倪其心认为："它突出了思妇的节操与悲哀，空房独守，生死相期。这触及了古代思妇矛盾痛苦的实质，也是古代思妇诗传统主题的核心：为忠贞爱情付出了青春年华，乃至毕生幸福。而其根源却在男子与丈夫的生活不得保障，及女子与妻室对于家庭与丈夫的依托"。[1] 由于此一生存实质，乃促使思妇主题的发展逐渐走向对夫妻离别的深情思念、为妻者对丈夫异乡生活的百般思虑，以及女子之地位命运常取决于青春容颜，以致不免色衰见弃的悲叹。如稍后的《饮马长城窟行》，即为抒发夫妻别后相思之一例：

青青河畔草，绵绵思远道。
远道不可思，宿昔梦见之。
梦见在我旁，忽觉在他乡。
他乡各异县，辗转不相见。
枯桑知天风，海水知天寒。
入门各自媚，谁肯相为言？
客从远方来，遗我双鲤鱼。
呼儿烹鲤鱼，中有尺素书。
长跪读素书，书中竟何如？

---

[1] 引自《汉代诗歌新论》，第207页。

上言加餐食，下言长相忆。①

　　　　——《饮马长城窟行》，《先秦汉魏晋
　　　　　　南北朝诗》之《汉诗》卷七

　　在此，既有妻子的"绵绵思远道""宿昔梦见之"，亦有丈夫托远客遗书致意——"上言加餐食，下言长相忆"，正是夫妻情深的图现。至于出自文人之手的《怨歌行》借秋扇见捐之现实行为，吞吐"恩情中道绝"的哀怨；《董娇娆》借采花女子与桃李间的对问，点染"终年会飘堕，安得久馨香""何时盛年去，欢爱永相忘"的伤情；《白头吟》在"闻君有两意"之后，毅然做出"故来相决绝"的抉择，亦分别为社会不同阶层的失欢妇女

---

① 《饮马长城窟行》，《昭明文选》作《古辞》，《玉台新咏》题为蔡邕之作，逯钦立《先秦汉魏晋南北朝诗》亦题为蔡邕所作。

谱唱出风调各异的乐章。①

而出现于汉末的《古诗十九首》，则标志着五言诗体的成熟与民间风谣朝向文人抒情之作过渡的进程。② 其于思妇情怀的发咏，乃系在民歌的基础上，益增其"宛转附物，怊怅切情"（《文心雕龙·明诗》）的艺术性。是以，诗中既有文人式的抒情咏叹，亦不失民间风谣"缘事而发"的自然真率。其《行行重行行》《青青河畔草》等歌诗，尤其具有相当的典型性：

> 行行重行行，与君生别离。
> 相去万余里，各在天一涯。

---

① 《怨歌行》，《玉台新咏》题作《怨诗》，并有序云："昔汉成帝班婕妤失宠，供养于长信宫，乃作赋自伤，并为怨诗云云。"故所发咏者，乃为上层社会妇女之怨情。《董娇娆》，《乐府诗集》题为宋子侯所作，子侯爵里无考，然细察诗意，当为下层妇女之心声。又，《乐府诗集》卷四十一引《西京杂记》曰："司马相如将聘茂陵人女为妾，卓文君作《白头吟》以自绝，相如乃止。"此为《白头吟》作于文君之说所本。然《玉台新咏》所收该诗题为《皑如山上雪》，并不谓文君所作。此诗之作者虽不确定，详其诗意，亦无碍于弃妇之情的发咏。

② 有关民间风谣如何为文人摹习转化为抒情诗的情形，可参阅葛晓音：《两汉诗歌的源流》，《八代诗史》（西安：陕西人民出版社，1989年），第1—37页。

道路阻且长，会面安可知。

胡马依北风，越鸟巢南枝。

相去日已远，衣带日已缓。

浮云蔽白日，游子不顾返。

思君令人老，岁月忽已晚。

弃捐勿复道，努力加餐饭。

青青河畔草，郁郁园中柳。

盈盈楼上女，皎皎当户牖。

娥娥红粉妆，纤纤出素手。

昔为倡家女，今为荡子妇。

荡子行不归，空床难独守。[1]

据叶嘉莹先生论述，《行行重行行》可为居者之言，亦可为行者之言，故或不必然是"思妇"之辞。[2]但因"浮云蔽白日，游子不顾返"，而萌生"弃捐勿复道，努力

---
[1] 《古诗十九首》首见《昭明文选》卷二九，李善注曰："并云古诗，盖不知作者，或云枚乘，疑不能明也。"见《李善注昭明文选》（台北：河洛图书出版社，1975年），第631页。《玉台新咏》卷一则收《西北有高楼》等九首，题为枚乘所作。本文此处据《昭明文选》，作无名氏之古诗。
[2] 说参叶嘉莹：《一组易懂而难解的好诗》，《迦陵谈诗》（台北：三民书局，1977年），第21—44页。

加餐饭"的温柔敦厚,却正是日后"思妇文本"中一以贯之的基调。其他如《冉冉孤生竹》中,新婚的少妇一意期盼夫婿早日归来,深恐青春蹉跎,兰蕙凋零;《凛凛岁云暮》《孟冬寒气至》《客从远方来》中的已婚良家妇女,或于午夜梦回后徙倚感伤、引领垂涕,或空怀三年前的良人来信,长夜难寐、挚情不渝,或将丈夫捎来之端绮裁为合欢丝被,以聊慰如胶似漆、情丝不解之想象。其主角人物之身份处境或小有出入,空闺独守、相思无悔的情怀亦可谓同调异曲,但表述的方式则各擅胜场,不定于一。

不过,《青青河畔草》中,倡女出身的主妇,于满园春色中盛妆倚窗,春情难遣,不耐独守,怨望外露,则又是"思妇"情怨的另类表现;而《迢迢牵牛星》借牛女的"盈盈一水间,脉脉不得语",寄托低回幽渺的别恨,亦均可视为"思妇文本"之多元风貌的铺展。

此外,出现于汉季的另一思妇诗——徐淑的《答秦嘉》,亦为往后的"思妇文本",提供了另一参照依据。它的特色,在于并非抒情主体的纯粹自我咏叹,而是经由"赠答"方式,直接向所思念的对象诉其衷情。其重要性，首须就其夫妇间的"本事"说起。①

据《玉台新咏》所收秦嘉《赠妇诗》之序文云，"秦嘉，字士会，陇西人也，为郡上掾。其妻徐淑，寝疾还家，不获面别，赠诗云尔"②。考诸汉制，郡国每年终须派员赴京师送簿记审核，并结算税赋，是谓"上计"。时秦嘉由陇西至洛阳，关山千里，而当时徐淑卧病娘家，不获面别，其缠绵伤恻之情，遂化为凄怨之辞，具现于彼此往还赠答的诗作之中。为能有较全面之观照，下面除徐淑之答诗外，亦将秦嘉《赠妇诗》中的五言三首同时引录如下：

  人生譬朝露，居世多屯蹇。
  忧艰常早至，欢会常苦晚。
  念当奉时役，去尔日遥远。
  遣车迎子还，空往复空返。

---

① 有关"赠答"一体的形成过程，以及秦嘉、徐淑夫妇在赠答传统中的特殊意义，请参阅梅家玲：《论建安赠答诗及其在赠答传统中的意义》，《汉魏六朝文学新论——拟代与赠答篇》，第151—234页。
② 见〔陈〕徐陵编，〔清〕吴兆宜注，程琰删补，穆克宏点校：《玉台新咏笺注》（北京：中华书局，1985年），第30页。

省书情凄怆，临食不能饭。
独坐空房中，谁与相劝勉。
长夜不能眠，伏枕独辗转。
忧来如循环，匪席不可卷。
（其一）

皇灵无私亲，为善荷天禄。
伤我与尔身，少小罹茕独。
既得结大义，欢乐苦不足。
念当远离别，思念叙款曲。
河广无舟梁，道近隔丘陆。
临路怀惆怅，中驾正踯躅。
浮云起高山，悲风激深谷。
良马不回鞍，轻车不转毂。
针药可屡进，愁思难为数。
贞士笃终始，恩义可不属。
（其二）

肃肃仆夫征，锵锵扬和铃。

清晨当引迈，束带待鸡鸣。

顾看空室中，仿佛想姿形。

一别怀万恨，起坐为不宁。

何用叙我心，遗思致款诚。

宝钗好耀首，明镜可鉴形。

芳香去垢秽，素琴有清声。

诗人感木瓜，乃欲答瑶琼。

愧彼赠我厚，惭此往物轻。

虽知未足报，贵用叙我情。

（其三）

——秦嘉《赠妇诗》三首，

《先秦汉魏晋南北朝诗》之《汉诗》卷六

妾身兮不令，婴疾兮来归。

沉滞兮家门，历时兮不差。

旷废兮待觐，情敬兮有违。

君今兮奉命，远适兮京师。

悠悠兮离别，无因兮叙怀。

瞻望兮踊跃，伫立兮徘徊。

思君兮感结，梦想兮容辉。

君发兮引迈，去我兮日乖。

恨无兮羽翼，高飞兮相追。

长吟兮永叹，泪下兮沾衣。

——徐淑《答秦嘉诗》，

《先秦汉魏晋南北朝诗》之《汉诗》卷六

如果说，古乐府《艳歌何尝行》是"借禽鸟喻托夫妇不克偕行的憾恨悲怨"，那么，秦嘉、徐淑夫妇的往返赠答，就是以更具体的事实、更纤细的情感，图现出"妻被卒病，行不能相随。五里一反顾，六里一徘徊"的凄恻无奈。再加上秦嘉入洛后，不久便病卒于津乡亭，[①] 因生离而竟成死别，益增其事之悲剧性。钟嵘《诗品》以"夫妇事既可伤，情亦凄怨"一语评之，正是兼

---

① 见丁福保所辑《全后汉文》卷六六，秦嘉《与妻徐淑书》注引《北堂书钞》卷一三六。

括"情""事"二者而言。不仅于此，秦嘉卒后，徐淑的兄弟促其改嫁，淑誓死不从，[①]其贞烈之节行，非但为礼法之士所推崇，更益增其诗在流传过程中之感人力量。因此，虽然在数量上只有一首，但徐淑坚贞节烈的"真情实事"，无疑是日后文人摹写"思妇"时的重要认同对象。

基本上，前述三型各有其不同特质：风谣歌辞因出自闾里民间，故用字质朴，情感真率，呈现不假雕饰的天然本色，即或有出于文人之手者，其风调大体仍保有民间情味；《古诗十九首》介于民歌与文人诗之间，"文温以丽，意悲而远"，其中的思妇之作虽有文人化的抒情风味，但言情述事，仍不失民歌之自然风貌，所反映者，亦为当时民间之普遍心声；至于徐淑的《答秦嘉诗》，虽有典雅温婉的"文人诗"特质，但因具"真情实事"的背景，故纯为自抒胸臆之作，所抒之情事，亦以此而

[①] 据严可均所辑之《全后汉文》卷九六，载有徐淑《为誓书与兄弟》一文，其谓："列士有不移之志，贞女无回二之行。淑虽妇人，窃慕杀身作义，死而后已。凤遭祸罚，丧其所天，男未弱冠，女幼未笄，是以俛俛求生，将欲长育二子，上奉祖宗之嗣，下继祖称之礼，然后觐于黄泉，永无惭色。仁兄德弟，既不能厉高节于弱志，发明明于暗昧，许我他人，逼我于上，乃命官人，讼之简书……"其贞节自守之意，溢于言表。

富于个人色彩。

综合这三型歌诗看来,亦可发现:尽管,女性的身份和相思情怨的发咏,是其共同内涵,但却无碍于其间多元风貌的展现。由《诗经》以降,无论是《子衿》的幽叹、《褰裳》的嗔怨、《有所思》的爱恨纠缠,在在烘染出未嫁女子对所思男子的多重复杂情感——既有纤细婉约的柔情万种,亦不乏因爱而不得所生发的妒恨嗔怨。即或是既嫁之后,对远别良人的魂萦梦系、猜疑忧思,以及色衰见弃之哀惋凄怨,固同为咏歌大宗,但值得注意的是:不仅在"荡子行不归"之余,为妻者并不讳言于"空床难独守"的情欲告白(《青青河畔草》);甚且在"闻君有两意,故来相决绝"之际,还能大发"男儿重意气,何用钱刀为"的凛然义愤(《白头吟》)。凡此,皆可见其活泼多元的自然风情。然而,如此多面向的处境和情怀,却在建安以后诗人的有意为诗之后,起了相当大幅度的变化。

（二）建安暨建安以后的"思妇"：文人拟作、代言下的美学典型

"建安"是中国文学发展史上一个极其重要的时期，所谓"文学自觉"自此肇兴，由于"三曹"父子的雅好诗章，缀文之士纷起，在传承前代既有的文学成就中，更多有别开生面处。而"思妇文本"，亦经曹氏兄弟——尤其是曹植，以"代言"方式多所着墨，以及其后文人的大量投入创作下，逐渐酝塑成一特定的美学典型。

就建安时期以观，除曹植相关作品甚多外，曹丕、甄后、徐干、繁钦等亦有所作，入晋以后，傅玄、张华、陆氏兄弟等知名文人，更曾就此类主题多所抒发。这些出自文人墨客之手的诗作，仍可因其所传承体类之不同，分为三系：

其一，为乐府歌诗系统，其辞或据既有之乐府古题再行敷衍，或自制为合乐歌辞而被之管弦，或仅袭乐府旧题而未必步轨其意，亦未必皆能入乐。大体上，它可说是承建安前之"民间歌谣"一系发展而出者。如曹植的《七哀诗》（又名《怨诗行》，属乐府"楚调曲·相

和歌辞"），曹丕的《燕歌行》，甄后的《塘上行》，傅玄的《苦相篇》、《短歌行》、《青青河边草篇》（又名《饮马长城窟行》）、《朝时篇》（又名《怨歌行》）、《明月篇》，以及陆机的《塘上行》、《班婕妤》（一作《婕妤怨》）、《燕歌行》等，俱为名篇。在三类之中，这当是"思妇文本"滋衍繁息的大宗，数量最多。

其二，为纯粹文人诗，诗题或冠以《杂诗》《情诗》之名，或标以《拟某诗》，而以女子口吻抒怀。徐干《情诗》《室思》、曹植《弃妇诗》《杂诗》、张华《情诗》、陆机《拟青青河畔草》等，均为个中名作。在性质上，与《古诗十九首》中的思妇诗相类。

其三，则为仿秦嘉、徐淑夫妇赠答而写的代作诗篇。陆机《为顾彦先赠妇诗二首》《为周夫人赠车骑诗》，以及陆云《为顾彦先赠妇往返四首》等，均堪称代表。

乍看之下，这三类歌诗的传承、因袭各有所本，故风貌、体制、内涵亦当有其各异之面目。但事实上，它们除在体制上小有出入外，其精神内涵，却呈显出相当的一致性——空闺独守的孤寂、唯恐见逐被弃的忧惧，以及即使被弃置也要贞顺自守的执着，不仅在文前所引曹植的《七哀诗》中被集中地体现，亦且成为此后诗人一再强调的共通内涵。以之与建安前的思妇诗相较，除语言形构明显踵事增华之外，"思妇"于情怀、处境上的差异约可归纳为两点：

首先，就"思妇身份"而言，早期古辞中，女子相思的具体内容，乃是由未嫁女子的吟唱与已婚妇人的咏叹所共同谱就，二者在分量上差距不大，可谓各擅胜场；然建安以还，已婚妇人的楼头怅望、深闺幽思，却几乎垄断了文人创作"思妇文本"的所有内涵，至于洋溢于桑间陌上的，未婚女子的相思爱恨与见弃妇女的忿愤控诉，则似乎有意无意地被忘却、忽略了。

其次，就表露的"情怀"而言，早期古辞中的女子情思或温柔敦厚、蕴藉缠绵，或炽烈奔放、爱憎分明，所呈露者，正是无所掩抑、不假雕饰的情性本然。但魏晋诗人所图现的"思妇"，则几乎千篇一律地以贞定娴淑的面貌出现。无论时间是春朝，抑是秋夜，所置身的地点是楼头，抑是深闺，猜疑忧思，悲叹垂涕，自伤自怜，遂成为"思妇"无视于时空流转的恒定情态。尽管痴情的守候与期盼，换来的或许只是无尽的失望与绝望，但贞定守礼，温婉娴淑的妻子，在无心于饮食餐饭、无意于装扮修饰之余，依然不忘切切叮咛，殷殷寄情，不敢稍有他心。所以如此，自当与建安诗人有意识地大量创作，且成功地形塑出特定的典型有关。例如：

在建安诗人中，曹丕代良人从役于燕之妇人诉其怨旷，[①] 在《燕歌行》中屡发"君何淹留寄他方？贱妾茕茕守空房，忧来思君不敢忘"之幽叹，显然成为陆机（字士衡）写作《燕歌行》时的重要参照。试看士衡的"君何缅然久不归，贱妾悠悠心无违""非君之念思为谁？别日何早会何迟"之语，正是隐括魏文"秋风萧瑟天气凉""别日何易会何迟"二诗之词意。又如徐干的《室思》诗采连章方式，[②] 借由形象化的语言，融情入景、以景托情，一方面描摹"思妇"孤寂愁闷之生活情状；另一方面，亦就其对丈夫之深沉眷恋、殷切盼望，以及随之

---

① 《乐府诗集》引《乐府解题》曰："晋乐奏魏文帝《秋风》《别日》二曲，言时序迁换，行役不归，妇人怨旷无所诉也。"又引《广题》曰："燕，地名也，言良人从役于燕，而为此曲。"见《乐府诗集》卷三二（台北：里仁书局，1980年），第469页。

② 《广文选》于该诗前五章作《杂诗》五首，后一章作《室思》，然《玉台新咏》《先秦汉魏晋南北朝诗》均将六章视为一整体，总其名曰《室思》，今从之。

而来的难遣忧怀和失望的苦痛，娓娓道来。其"自君之出矣，明镜暗不治。思君如流水，何有穷已时"二联，甚且成为南朝诗人摹习、拟作的另一范式。①

另如甄后因为郭皇后所谮，文帝赐死后宫，临终为诗，②犹有"想见君颜色，感结伤心脾。念君常苦悲，夜夜不能寐"的痴情，此一本事，自然也成为后人摹写妇女见弃情怨时的重要依据。如陆机拟之为《塘上行》，即化甄后"蒲生我池中，其叶何离离"之起兴为"江蓠生幽渚，微芳不足宣。被蒙风雨会，移居华池边"；并就"莫以豪贤故，弃捐素所爱。莫以鱼肉贱，弃捐葱与薤"之意敷衍陈词，发抒"男欢智倾愚，女爱衰避妍""愿君广末光，照妾薄暮年"之意，即为一例。③

至于曹植，所以有《七哀诗》《西北有织妇》等"思妇诗"的写作，自当与个人之政治际遇有关。曹操逝世

---

① 《乐府诗集》卷六九《杂曲歌辞》曾收录自宋孝武帝以降，拟《自君之出矣》句式之诗作凡二十余首。见里仁本第986—990页。
② 《邺都故事》云："魏文帝甄皇后，中山无极人。袁绍据邺，与中子熙娶后为妻。后太祖破绍，文帝时为太子，遂以后为夫人。后为郭皇后所谮，文帝赐死后宫，临终为诗曰：'蒲生我池中……'。"见《乐府诗集》卷三五·引，第521页。
③ 陆机诗见《先秦汉魏晋南北朝诗》之《晋诗》卷五。

后，魏文即帝位，对子建多所排抑，使他一再遭到贬爵、流徙的对待，① 其不见容于君上的抑郁之情，本与失欢于良人之妇女差堪比拟。今试看他黄初四年（223年）朝京上疏文帝谓：

> 臣自抱衅归藩，刻肌刻骨，追思罪戾，昼分而食，夜分而寝。诚以天罔不可重离，圣恩难可再恃。……伏惟陛下德象天地，恩隆父母，施畅春风，泽如时雨，……是以愚臣徘徊于恩泽而不能自弃者也。

太和三年（229年）上疏存问亲戚，则自陈其于一再被贬爵、流徙后的生活是："块然独处，左右唯仆隶，所对唯妻子，高谈无所与陈，发义无所与展，未尝不闻乐而拊心，临觞而叹息也。"② 细察这些自剖之辞，与"君

---

① 《魏志》本传载黄初二年，监国使者灌均希旨，奏"植醉酒悖慢，劫胁使者"，有司请治罪，帝以太后故，贬爵安乡侯，其年改封鄄城侯。黄初三年，立为鄄城王，黄初四年，徙封雍丘王。两三年之间，数徙封地，且所封之王，皆为县王，一切封赠，比诸王"事事复减半"。
② 以上引文俱见《三国志·魏书·陈思王传》。

行逾十年,孤妾常独栖。君若清路尘,妾若浊水泥""愿为西南风,长逝入君怀。君怀良不开,贱妾当何依"之类的哀叹,正是何其神似!这也无怪乎子建的言情诗作,往往都被文评家视为"皆借闺房儿女之私,以写臣不得于君之思"了。[1]

然则,无论是代从役者之妻以诉怨旷(魏文)、是自抒被谮见弃之哀怨(甄后),抑是假思妇以喻托臣不得于君之思(曹植),都是身为知识分子的文人有意为诗的成果。其所图现的"思妇",固然有真情实事的成分,但由于来自政教体系、诗学传统的多重制约与濡染,乃使其在抒怀时,不免为了因应现实政教环境的需要,就原本具有多元变貌的"思妇"予以筛拣过滤,并在精心地营塑文饰之中,掺入了相当的"理想性"。故呈现于此一时期诗作中的"思妇",自与前代相关文本多所出入。而如此的因革损益,亦因随建安诗歌的备受推崇,对尔后诗人创作,产生一定启发和影响。以下,便再经由具体的对照比较,指出步踵其后的魏晋诗人,如何承

---

[1] 吴淇:《六朝选诗定论》卷五,此转引自《曹操曹丕曹植资料汇编》(台北:木铎出版社,1981年),第154页。

其余绪,就前述三系歌诗予以转化、改写的情形。

在乐府歌诗方面,傅玄《青青河边草篇》一诗本为仿拟古辞《饮马长城窟行》之作,但同样是写女子因相思而致梦,古辞梦醒后,犹有远客传书致意,拟作却在"既觉无所见"后,不仅只能"倾耳怀音响,转目泪双堕",尚且还在"生存无会期"之际,申言"要君黄泉下"的执着。试看:

青青河边草,悠悠万里道。
草生在春时,远道还有期。
春至草不生,期尽叹无声。
感物怀思心,梦想发中情。
梦君如鸳鸯,比翼云间翔。
既觉寂无见,旷如参与商。
梦君结同心,比翼游北林。
既觉寂无见,旷如商与参。
河洛自用固,不如中岳安。
回流不及返,浮云往自还。
悲风动思心,悠悠谁知者。

悬景无停居，忽如驰驷马。

倾耳怀音响，转目泪双堕。

生存无会期，要君黄泉下。

——《青青河边草篇》，

《先秦汉魏晋南北朝诗》之《晋诗》卷一

该诗虽为"拟作"，但对"思妇"遭遇、情怀的改造，实属显而易见。至于其他二系，则或可以陆机《拟青青河畔草》及陆云《为顾彦先赠妇往返四首》为例以观：

靡靡江蓠草，熠熠生河侧。

皎皎彼姝女，阿那当轩织。

粲粲妖容姿，灼灼美颜色。

良人游不归，偏栖独只翼。

空房来悲风，中夜起叹息。

——陆机《拟青青河畔草诗》，

《先秦汉魏晋南北朝诗》之《晋诗》卷五

我在三川阳，子居五湖阴。
山海一何旷，譬彼飞与沉。
目想清慧姿，耳存淑媚音。
独寐多远念，寤言抚空衿。
彼美同怀子，非尔谁为心。
（其一）

悠悠君行迈，茕茕妾独止。
山河安可逾，永路隔万里。
京室多妖冶，粲粲都人子。
雅步擢纤腰，巧笑发皓齿。
佳丽良可美，衰贱焉足纪。
远蒙眷顾言，衔思非望始。
（其二）

翩翩飞蓬征，郁郁寒木荣。
游止固殊性，浮沉岂一情。
隆爱结在昔，信誓贯三灵。
秉心金石固，岂从时俗倾？

美目逝不顾，纤腰徒盈盈。

何用结中款，仰指北辰星。

（其三）

浮海难为水，游林难为观。

容色贵及时，朝华忌日宴。

皎皎彼姝子，灼灼怀春粲。

西城善稚舞，总章饶清弹。

鸣簧发丹唇，朱弦绕素腕。

轻裾犹电挥，双袂如雾散。

华容溢藻幄，哀响入云汉。

知音世所希，非君谁能赞！

弃置北辰星，间此玄龙焕。

时暮复何言，华落理必贱。

（其四）

——陆云《为顾彦先赠妇往返四首》，

《先秦汉魏晋南北朝诗》之《晋诗》卷六

在此，士衡为拟古诗而作，士龙为仿夫妇赠答而发

（其一、三首为夫赠，二、四首为妇答）；二者所宗之体类不一，但因良人远别而生的怨叹忧惧之情，仍与《七哀诗》似无二致。现在先看陆机拟作与古诗《青青河畔草》的比较。

由于"文温以丽，意悲而远"，又复能"言人同有之情"，《古诗十九首》不仅是历代诗评家交相赏誉的对象，同时也成为其后诗人竞相仿拟的典范。陆机的拟作，正是其中颇受瞩目的篇章之一。[①] 只是，在古诗《青青河畔草》中，女主角是倡家出身的女子，由于习惯了歌台舞榭的繁华缤纷，虽嫁为人妇，仍不免于良人未归的春日盛妆登楼，春情难遣——"空床难独守"，那么，究竟要独守呢，还是不独守呢？这里所呈示的，其实是一种关乎"伦理抉择"的生存困境，诗歌中只是隐微地向读者提出了这种困境，而并没有"教训"或"规定"女主角（及读者）"必须"如何反应。[②] 然而，陆机的拟诗，一则将女主角的身份改换成了当轩而织的良家少妇，再

---

① 钟嵘《诗品·序》曾谓："士衡《拟古》，……五言之警策也；所以谓篇章之珠泽，文采之邓林。"
② 有关该诗"伦理抉择"的论述，参见柯庆明：《文学美综论》，《文学美综论》（台北：大安出版社，1983年），第11—74页。

则，又"规定"了她在"良人游不归"之后，只能伴随空房悲风而"中夜起叹息"。因此，虽然大体看来，拟诗的修辞构句与原诗似无二致，但"思妇"的身份改易和情怀转变，却宛然可见。林文月先生在《陆机的拟古诗》一文中曾指出：

> "古诗"无论抒情写志，往往直言不讳，故而字里行间流动着栩栩如生的活力，而陆机的拟作多一分含蓄委宛与矜持端庄，便也往往减却那一分可贵的生命力了。例如古诗《青青河畔草》之结尾："昔为倡家女，今为荡子妇。荡子行不归，空床难独守。"且不论兴寄与否，此四句罄衷托出，自有坦率如现的真情意；至于拟作沿袭其意而来，却变为："良人游不归，偏栖独只翼。空房来悲风，中夜起叹息。"既改空床独守之恨为偏栖只翼之象征语气，复增空床悲风以助添烘托，更设中夜叹息以示哀怨，遂使"古诗"中充满强烈爱恨的栩栩生动人物，好比躲入层层帷幕之内，隐约可

感,却不得逼视。①

所言诚为的论。陆氏兄弟与秦嘉、徐淑夫妇之作的对比,也体现了类似讯息。

诚然,从秦嘉夫妇的以诗往返开始,强调情爱之真诚专一,就成为贯穿于"夫妇赠答"的共通内涵;然而,在诉求重点上,秦氏夫妇与陆氏兄弟却显然迥不相侔。就前者言,人生苦短、世道艰辛的慨叹,融汇着临别时的顾恋踌躇、深情缱绻,当是构成其"夫妇事既可伤,文亦凄怨"的重要原因;但二陆的代作,却摆落了对自我困境、生命忧患的回顾反思,转而申言别后的疑虑与保证——远走天涯的丈夫,一再信誓旦旦,向妻子表达不变的忠诚;困守空闱的思妇,则除却深情的思念外,尚且不断倾吐对丈夫情变与否的忧虑,并反复猜测他所可能受到的诱惑。姑不论其中所表白者,是否为真人实情的具体投射,但两相比较,可以发现:秦氏夫妇的赠答所以凄怨动人,实在与诗作背后所蕴含的"本事"密

---

① 见林文月:《陆机的拟古诗》,《中古文学论丛》(台北:大安出版社,1989年),第123—158页。

切相关——徐淑长吟咏叹、泪下沾衣,是由于婴疾来归、历时不差,无法相与偕行;秦嘉"顾看空室中,仿佛想姿形。一别怀万恨,起坐为不宁",是因为"居世多屯蹇""少小罹茕独",故其与徐淑结褵,本就充满了"欢会常苦晚""欢乐苦不足"的感激之情,一旦生离,自然也就"临食不能饭""伏枕独辗转"了。胡应麟《诗薮》在品论这组诗作时说:"夫妇往还曲折,具载诗中,真事真情,千秋如在,非他托兴可以比肩。"[1]正确切地说明了"'事'既可伤"与"'文'亦凄怨"之间的关联性。

反观士龙的代作,由于略去了顾氏夫妇间"可能"(或应该)具有的特殊情事,遂使诗作所强调者,仅集中于夫妻彼此思念之一点上,并不及于其他。如此,所倾吐之情怀纵盈溢着普遍的"共相",却也因个别"殊相"之抽离,模糊了思妇所可能呈现的多重面目。由此亦可看出:原本"古诗"中爱恨强烈、栩栩如生的人物所以会"躲入层层帷幕之内,隐约可感,却不得逼视",未

---

[1] 引自《诗薮》之《内编·古体中·五言》(台北:广文书局,1973年),第99—100页。

尝不是因为文人在"拟作""代言"之际，只措意于多数思妇所共有的相思怨叹之"情"，而不及于此一情怀背后所关涉之特殊、个别的"事"。所以如此，当不外乎"为诗者"究竟并非"当事者"，即或能以"同有之情"去揣想、体悟当事者的情愁悲怨，并代为发言，却因无法曲尽其间个别情事的原委曲折，于是就仅能就其情怀的共通处予以着墨了。

然则，即或是舍"殊相"而就"共相"，衡诸世间男女实际的往还互动，此一由文人所书写的"共相"，其实也不过是纷繁万象中的一小部分而已。经由建安前后相类诗作的两相对照，可以很明显地看到：即使是前有所承，建安以后的诗人却并没有把先出的文本一视同仁、照单全收，而是经过了若干的筛拣过滤。其间，被他们一再咏叹的，是思妇在理性、礼教制约下的贞定守礼，无怨无悔；被滤去的，则是在爱恨纠缠下情欲的驳杂多变、流衍放恣。也因此，尽管表面看来，诗作的体制不一、传承互异，但实质的内涵，却在相同的拣择标准下，彼此涵融濡染，显现出"异曲同调"的齐一情态。至此，华美的藻采，并随着温柔敦厚、贞定自守的深情，遂酝塑出一别出于早期文本的美学典型。

当然,如此改变,绝非偶然,在文本背后,必定会有其他的作用因素,而当此一典型成形之后,也应当会造成一定的影响。故以下,便试图就文本背后的问题,予以探析。

三、文本背后所关涉的问题

"思妇文本"所呈示者,既为女性因所爱远别而生的相思情怨,而魏晋以后,又以写已婚妇女者为大宗,则组构男女两性之关系的主要枢纽——婚姻,自然是影响其情感取向的重要因素。是以,传统社会对于妇女在"婚姻"中的地位,及随之而生的"性别角色"规范,当是首须关注的问题。其次,任何"文本"的产生,本不能自外于既有的文学传统,当然也不能不受到主流诗学观念和创作典范的影响。尤其,检视建安以来的"思妇诗",我们发现:在这为数众多的文本中,除甄后《塘上行》是为女性自作之外,余皆系文人以"代言""拟作"

方式有意为之的成果；而"拟代"，往往又是作者就先出之文本予以筛拣、认同后的产物，因此，如何经由对传统诗学观念和创作实践的掌握，以深入了解该文本之形成及典律化的内在因由，亦为另一重要论题。以下讨论遂将集中于两方面：

1. 传统社会之婚姻观与性别规范下的妇女处境；
2. 政教理想、诗学传统、拟代风气对"思妇文本"形成过程的影响。

（一）传统社会之婚姻观与性别规范下的妇女处境

本来，在不少歌诗中，"思妇"往往是连系着"游子"而共同出现的。汉末社会动乱，民生凋敝，"一家之主"的男子迫于生活现实，遂不得不出外另谋生路；而妻子，则在家代为仰事俯畜，在久盼良人不归之下，自然就成为"思妇"。这一点，固然是"思妇"出现的原因。但是，回顾早期社会生活，"男耕女织"原本是传统农业社会中的自然分工,妇女的活动范围亦不限于家庭[1],为什么到后来却变成了"男主外,女主内"的必然体制?追本溯源,以"人文化成"为依归的"婚姻观",实为促成此一共识的起始点。从先秦开始,各典籍对婚姻之质性、意义,及其间男女角色的差异性,即多所论述,而出发点,实不外乎人文理念的发皇。试看:

> 有天地然后有万物,有万物然后有男女,有男女然后有夫妇,有夫妇然后有父子,有父子然后有君臣,有君臣然后有上下,有上下然后礼义有所错。夫妇之道,不可以不久也。
> ——《易·序卦》,《周易注疏》卷九

> 君子之道,造端于夫妇,及其至也,察乎天地。
> ——《中庸》第十二章

---

[1] 如据卜辞所见,商代亦有妇好、妇妌参与军事活动的记载,说见〔日〕白川静著,温天河中译:《甲骨文的世界——古殷王朝的缔构》(台北:巨流图书公司,1977年),第130—131页。

女正位乎内，男正位乎外，男女正，天地之大义也。

——《易·家人·彖辞》，
《周易注疏》卷四

很明显地，在此，婚姻中所原本涵括的生物性需求（性欲）与感性的两情相悦是被忽略、裁制的，而人文理想及伦理意义则被极度强调。因婚姻而建立的夫妇关系，不仅是"君子之道"的起点，更因居于整个伦理结构中的枢纽地位，担负着庄严的、人文化成的使命。[①] 只是，在这样的理想蓝图中，女性的职分和活动空间，却受到相当的规范和限制。"男外女内"的论述，一则区分了男女发挥才能的不同面向，另则，亦规划出男女不同的生活（尤其是居住）范围，以及缘此而生的男女之防、尊卑之别。这些，在以论述礼制为主的《仪礼》《礼记》各篇章中，便说明得相当清楚：

---

① 参见曾昭旭：《中国文化传统下的婚姻观》，《鹅湖》97期（1983年7月），第31—33页。

男不言内,女不言外。……内言不出,外言不入。……男子居外,女子居内,深宫固门,阍寺守之,男不入,女不出。

——《礼记·内则》,
《礼记注疏》卷二八

天地合而后万物兴焉。夫昏礼,万世之始也。……壹与之齐,终身不改。故夫死不嫁。男子亲迎,男先于女,刚柔之义也。天先乎地,君先乎臣,其义一也。……出乎大门而先,男帅女,女从男,夫妇之义由此始也。妇人,从人者也,幼从父兄,嫁从夫,夫死从子。夫也者,夫也;夫也者,以知帅人者也。

——《礼记·郊特牲》,
《礼记注疏》卷二六

妇人有三从之义,无专用之道。故未嫁从父,既嫁从夫,夫死从子。故父者,子之天也,夫者，妻之天也。

——《仪礼·丧服》，
《仪礼注疏》卷三〇

本来，"男""女"乃是生理、自然上的两性指称，"夫""妇"却成为父权社会中被规定的"性别角色"。所谓"男帅女，女从男，夫妇之义由此始也"，这意味着从女子出嫁的一刻开始，便注定了"以夫为天"的附属地位。不过，尽管"妇人有三从之义，无专用之道"，但基本上，男女间的关系仍有其相辅相成之处，缺一不可。如《礼记·昏义》在论及"天子"与"后"之职分时，即曾指出："天子之与后，犹日之与月，阴之与阳，相须而后成者也。""天子听男教，后听妇顺；天子理阳道，后治阴德；天子听外治，后听内职。教顺成俗，外内和顺，国家治理，此之谓盛德。"

然而，原本有其"相对性"的夫妇关系，却在汉代董仲舒的阴阳学说出现后，起了绝大变化。[①]为建构大一统的政治体系，董氏将夫妇与君臣、父子并列为"三纲"，且将一切的人伦的关系都配入到天地阴阳五行中去，以强化其政治性内涵。如此，"相对性"的伦理，遂成为"绝对性"的伦理，其高下尊卑之别，亦以此而无可移易。试看其《春秋繁露》所言：

> 君臣父子夫妇之义，皆取诸阴阳之道。君为阳，臣为阴；父为阳，子为阴；夫为阳，妻为阴。阴道无所独行，其始也不得专起，其终也不得分功，有所兼之义。是故臣兼功于君，子兼功于父，妻兼功于夫，阴兼功于阳，地兼功于天。
>
> ——《春秋繁露·基义》，《四部备要》本卷一二

[①] 阴阳学说于先秦即早已有之，然其时之"阴""阳"并无尊卑之别。说参鲍家麟：《阴阳学说与妇女地位》，收入鲍家麟编著：《中国妇女史论集》续集（台北：稻香出版社，1991年），第37—54页。

见天数之所始，则知贵贱逆顺所在。知贵贱逆顺所在，则知天地之情著，圣人之宝出矣。……阳始出，物亦始出；阳方盛，物亦方盛；阳初衰，物亦初衰。物随阳而出入，数随阳而终始。三王之正，随阳而更起。以此见之，贵阳而贱阴也。……丈夫虽贱皆为阳，妇人虽贵皆为阴。

——《春秋繁露·阳尊阴卑》，
《四部备要》本卷一一

由于三纲之义皆取诸于阴阳之道，而"阳尊阴卑"又是莫可违逆的定则，故在配置上居于"阴"位的臣、子、妻，皆以此而"不得专起"，亦"不得分功"。不过，只要身为男性，即或是为臣为子，尚可因自身婚姻的完成，而得以在"夫妇"一纲中转居为"阳"；身为女性，则终其一生都无法摆脱为"阴"者的宿命。"丈夫虽贱皆为阳，妇人虽贵皆为阴"的论断，更为"阳（男）/阴（女）"之间的贵贱尊卑，严酷地划下了无从逾越的鸿沟。

除了形上理论的建构之外，刘向编定《列女传》与班昭撰写《女诫》，则可谓以更实际的做法，规范了妇女的言行作为。《汉书·楚元王传》载：

> 向以为王教由内及外，自近者始。故采取《诗》《书》所载贤妃贞妇兴国显家可法则，及孽嬖乱亡者，序次为《列女传》，凡八篇，以戒天子。

现今所见之《列女传》共七卷，另附《续传》一卷，作者不详。原书本为一编，据说是宋代的王回将其分为七篇，计：母仪、贤明、仁智、贞顺、节义、辩通、孽嬖。在体例上，每篇之首各有颂赞，之后则依序分列传文，序述各人足以为人楷模或为世垂戒之事迹，作为女性"教本"之用。从类别上看，母仪、贞顺、节义、孽嬖诸类，固然是针对与男性之利害关系而立言，其他贤明、仁智、辩通诸类，虽表面上为女性自具之德，然就传中实例观之，亦不出与男性利害关系的范围。[1]因此，即或是原本出于天性至情的母子之情，亦不免在教化和公义之下成为其他伦理的附庸，甚至是牺牲品。[2]至于对于妇女"贞顺"事迹的强调，也无非是以男性观点为主体的文化标记。而这一切落实于生活实践中的妇女阃范，更在班昭的《女诫》中，做出明确的规定。

班昭是史家班固之妹，其《女诫》以强调妇人之"卑弱"为基础，拟就一套为人妇者须以"敬慎""曲从"来事奉舅姑和丈夫的行为准则。全文凡七段，分就卑弱、夫妇、敬慎、妇行、专心、曲从和叔妹等方面以规范妇女言行。试看其部分文字：

卑弱第一：古者生女三日，卧之床下，……明其卑弱，主下人也。……

---

[1] 说参马森：《中国文化中的女性地位：〈列女传〉的意义》，《国魂》555期（1992年2月），第84—87页。

[2] 如《节义传》中，即有许多赞扬母亲为"公义"而牺牲自己亲生子女的故事。《鲁义姑姐》《梁节姑姐》等，皆为其例。有关其中母爱沦为道德教条之附庸的论述，可参阅邢义田：《从〈列女传〉看中国式母爱的流露》，收入鲍家麟编著：《中国妇女史论集》第三集（台北：稻香出版社，1993年），第19—27页。

夫妇第二：……夫不贤，则无以御妇，妇不贤，则无以事夫。夫不御妇，则威仪废缺，妇不事夫，则义理堕阙。……

敬慎第三：阴阳殊性，男女异行。阳以刚为德，阴以柔为用，男以强为贵，女以弱为美。……故曰敬顺之道，妇之大礼也。夫敬非它，持久之谓也。夫顺非它，宽裕之谓也。持久者，知止足也。宽裕者，尚恭下也。……

专心第五：《礼》：夫有再娶之义，妇无二适之文。故曰夫者天也。天固不可逃，夫固不可离也。……

——《后汉书·列女传》

如果说，礼制伦常、阴阳学说和《列女传》都是男性对女性职分、地位的范限，《女诫》则是纯粹出于女性的自我设限。在其中，女性自一出生开始，就被限定以"卑弱""下人"的面目出现，既嫁之后，不仅须敬慎、曲从以事夫，且须终身以之为天，绝无二适之理。至此，"男尊女卑"的论述，遂可谓以牢笼天海之势，浸渗于社会文化的各个层面，女性的存在和处境，似乎也就在如此论述的作用下，被推挤至男权社会的边陲，并丧失了应有的自主性。汉晋诗歌中的"思妇"所以多为温柔婉约、一无怨悔的痴情妇人，自当与此关系密切。

然而，令人感到讶异的是，倘若我们就史传及相关杂著予以考察，却不免发现：实际上，由两汉以迄魏晋的妇女，未必就全然是以男性为中心的附属存在；而"婚姻"，也未必对所有的妇女都具有绝对的、不容改嫁的约束力。即以两汉为例，其皇室宗亲之妇女即多有改嫁之事。如汉景帝王皇后之母臧儿于夫王仲死后，再嫁长陵田氏；元帝王皇后母李亲，原为王禁嫡妻，禁多娶旁妻，李亲妒，愤而求去，更嫁为河内苟宾妻；桓帝邓皇后之母初适邓香，后改嫁梁纪，均为荦荦大者。[1]至于流传于民间的，如朱买臣原配改嫁、陈平娶五嫁之女、新寡之文君再嫁相如，以及荀爽一再逼女再嫁、郭奕愿礼聘寡妇为妻，乃至于古乐府《孔雀东南飞》中，兰芝纵被休返家，太守依然愿意明媒重聘，郑重迎娶等

---

[1] 臧儿、李亲事分见《汉书·外戚传》《汉书·元后传》，邓后之母事见《后汉书·皇后纪》。

记载，莫不具体表达了当时对"妇无二适之文"之说的保留与质疑。①

再者，汉代尚有侯爵尚公主、郡国人士尚翁主（诸侯王之女）之例，在此类的婚姻结构中，为妻者往往盛气凌人，贵骄淫乱，为夫者或于不堪其辱之下，愤而杀主，结果不仅自遭弃市，亦且祸连族人。②为此，王吉、荀爽皆曾上书奏谏。③由此以观，尽管"阳（男）尊阴（女）卑"的论述甚嚣尘上，两汉妇女地位与处境，实则仍有其多元之变貌，未可一概而论。④

两汉如此，魏晋亦有类似情形。在《抱朴子》外篇卷二五《疾谬》中，葛洪即对当时之妇女行径有如下

---

① 朱买臣、陈平、司马相如事，分见《汉书》各人本传；荀爽、郭奕事见《后汉书·列女传·阴瑜妻》；《孔雀东南飞》见逯钦立所辑《先秦汉魏晋南北朝诗》之《汉诗》卷十。
② 据《后汉书·班梁传》载，"雄卒，子始嗣，尚清河孝王女阴城公主。主顺帝之姑，贵骄淫乱，与壁人居帷中，而召始入，使伏床下。始积怒，于永建五年，遂拔刀杀主。帝大怒，腰斩始，同产皆弃市"。
③ 王吉以为"使男事女，夫诎于妇，逆阴阳之位，故多女乱"；荀爽奏谓"今汉承秦法，设尚主之仪，以妻制夫，以卑临尊，违乾坤之道，失阳唱之义"。分见《后汉书》本传。
④ 有关汉代妇女地位之考察，可参见李则芬：《汉代妇女的地位》，《东方杂志》复刊13卷3期（1979年9月），第51—57页；刘增贵：《试论汉代婚姻关系中的礼法观念》，《中国妇女史论集》续集，第1—36页。

批评：

> 今俗妇女，……舍中馈之事，修周旋之好，更相从谐，之适亲戚，承星举火，不已于行。多将侍从，晔晔盈路，婢使吏卒，杂错如市；寻道褻谑，可憎可恶。或宿于他门，或冒夜而反；游戏佛寺，观视渔畋；登高临水，出境庆吊；开车褰帏，周章城邑；杯觞路酌，弦歌行奏。转相高尚，习非成俗。

能够"舍中馈之事，修周旋之好""或宿于他门，或冒夜而反"，即可见其时妇女的活动，实并不受限于"正位于内"的规范。虽然葛洪对此现象大肆抨击，但抨击的本身，实际上也显示当时妇女社交生活之自由浪漫，已到了卫道之士难以容忍的境况。

另外，从《世说新语·贤媛》不少记载中，亦可见当时士族出身的妇女，对丈夫的态度也并非一意曲从：

> 王浑与妇钟氏共坐，见武子从庭过，浑欣

然谓妇曰："生儿如此，足慰人意。"妇笑曰："若使新妇得配参军，生儿故可不啻如此！"

——《排调》八

王公渊娶诸葛诞女。入室，言语始交，王谓妇曰："新妇神色卑下，殊不似公休！"妇曰："大丈夫不能仿佛彦云，而令妇人比踪英杰！"

——《贤媛》九

王凝之谢夫人既往王氏，大薄凝之。既还谢家，意大不悦。太傅慰释之曰："王郎，逸少之子，人材亦不恶，汝何以恨乃尔？"答曰："一门叔父，则有阿大、中郎。群从兄弟，则有封、胡、遏、末。不意天壤之中，乃有王郎！"

——《贤媛》二六

钟氏对王浑的调侃、诸葛诞女与王公渊的针锋相对、谢夫人对王凝之的鄙薄，在在表明当时妇女是如何以她们的巧言慧思，去和自己的丈夫分庭抗礼。而阴阳学说中"不得专起""不得分功"的警示,班昭《女诫》中"卑弱""曲从""敬慎"的告诫,似乎并不曾成为其言行时恪守不渝的金科玉律。

综观这些现象,可以得知:尽管在主流论述系统中,"男尊女卑"是一再被强调的主题,婚姻的和谐、恒久性,以及女性须因婚姻而委曲求全,屈己从人,亦是不容挑战质疑的共识;但在实际世间生活中,与前述论述互有扞格的情形,却所在多有。两相对照,其所呈显者,实为一种"应然"与"实然"间的吊诡——主流论述规划了人文社会发展时"应该"遵循的路径,但世间男女"实际"的往还互动,却可以不必亦步亦趋、奉行不渝。其间落差,固然开启了可资探讨的另类空间,但回归到"思妇文本"之形成、发展的问题上,则最重要的意义应该是:既然在实际生活中,已婚妇女的形象、言行并不定于一尊,诗人在据题抒怀、代为咏叹之际,却为何总是让她们以长叹垂涕,贞顺自守的姿态出现?为什么他们的着眼点都集中在"应然"之上,却回避了"实然"中从来就存在着的例外和反动?很显然地,影响妇女生活甚巨的传统婚姻观和性别规范,固然是促兴"思妇文本"的重要原因，但却绝非"唯一"原因。因此，接下来便由文学本身层面着眼，为"思妇文本"的形成，寻求其于文学理念、创作实践方面的依据。

（二）政教理想、诗学传统、拟代风气对"思妇文本"形成过程的影响

基本上，建安以迄两晋的"思妇文本"悉出自文人之手，故来自文学传统中各重要论题的影响，自不宜忽视。大体而言，同时结合了政教理想与比兴谲谏手法的"诗言志"观念，以及在文人一再仿拟、代言下，致使文本"典律化"的问题，尤为荦荦大者。

自先秦以来，"诗言志"就一直是传统文学中的一项重要命题。[①] 由本为传释《诗经》之学，但却影响后

---

① 先秦与"言志"相关之论述，有"献诗陈志""赋诗言志""教诗明志""作诗言志"等多项，详见朱自清：《诗言志》，《诗言志辨》（台北：开明书店，1964年），第1—58页。

世诗论甚巨的《诗大序》之说看来，[1] 关乎思妇文本之形成的主要论述，或可归纳为以下几点：

其一，诗的本质固然是情志，但其作用则在于教化。天下有道之时，它是王者化民之具；王政不行之际，则为个人吟咏性情，以讽其上之作，具有讽谏作用。

其二，为求达成教化目的，《大序》以《关雎》为"所以风天下而正夫妇"的论述起点；这一则贯彻了传统儒家以夫妇为人伦之始的人文理念，再则，也为文人在创作"思妇文本"之际，所以舍未嫁女子而就已婚妇人一事，增益了人文的、深具理想色彩的内在趋力。

其三，在诗篇作法上，固有"赋、比、兴"三义；但由于强调"主文而谲谏，言之者无罪，闻之者足以

---

[1] 如郭绍虞即认为它"吸收了在它以前传诗经生的意见，比较全面地阐说了有关诗歌的性质、内容、体裁、表现手法和作用等问题，可以看作是先秦儒家诗论的总结"。李泽厚也以为它"以一种最简明的形式，使儒家的诗论系统化和经典化了，因而对后世产生了很大的影响"。分见《中国历代文学论著精选》（上），《毛诗序》说明部分（台北：华正书局，1982年），第49页。《中国美学史》第八章《毛诗序的美学思想》（台北：里仁书局，1986年），第614页。又，有关《毛诗序》的理论架构及其与文学批评的关系，请参见梅家玲：《〈毛诗序〉"风教说"探析——兼论其与六朝文学批评之关系》，《台大中文学报》3期（1989年12月），第489—526页。

戒",故深具"谲谏"性质的"比兴",便一直是读者读诗与作者作诗时所广为应用的策略。如此,遂使"夫妇"与"君臣""父子""兄弟""友朋"等人伦关系之间,因类似性而具备了可以相互转化、托喻的条件。

不过,在实际的创作上,《诗经》中的比兴,多见于诗章之首句,用以为兴起下文,及推阐全诗之意。其作用,经常只是为了引出歌者所要说的话,或只起一种单纯的譬喻作用。被用作"比兴"的形象,常以此而显得是外在于诗人所要表达的思想情感,缺乏审美感染力。倒是在《楚辞》中,"比兴"的应用不只是单纯的譬喻,它本身即形成一系列诉之于情感和观照的审美意象,具有相当的感染力。王逸说:

>　　《离骚》之文,依诗取兴,引类譬喻,故善鸟香草以配忠贞,恶禽臭物以比谗佞,灵修美人以媲于君子,宓妃佚女以譬贤臣,虬龙鸾凤以托君子,飘风云霓以为小人。其辞温而雅,其义皎而朗。凡百君子,莫不慕其清高,嘉其

文采。

——《楚辞章句·离骚经序》

这里所谓"依诗取兴",自然具有譬喻作用。但重要的是:用作譬喻的形象已不再仅是为了说出某一概念。在《诗经》中经常作为单纯譬喻之用的形象,在"屈骚"中被有声有色地充分描绘出来,鸟兽草木等自然物遂因处处被拟人化而具有生命姿采,并富于情感。至此,"比兴"乃成为一系列"美"的形象的创造,它直接用美感形象来感染读者,而这美的形象,又往往就是"善"的象征。[1] 其原因,当系它是屈原"惊才风逸,壮志烟高"的有心之作。于是,在"慕其清高、嘉其文采"之下,"香草美人"从此成为左右文人取材、构思的参照典范。不论是承"屈骚"而下的、一系列的"贤人失志之赋",抑是司马相如以闳丽之笔所写的《长门赋》,乃至于如张衡《四愁诗》之类的歌诗创作,无不以此而被视为深具比兴寄托之意的"文本"。在前述"诗言志"之诗学

---

[1] 此处之论点系参考李泽厚:《屈原的美学思想》,《中国美学史》,第410—411页。

理念的主导下，此一创作手法上的新变，无疑对魏晋后"思妇文本"的转变、定型，具有一定意义。个中曲折，又可由以下两点予以说明：

其一，就"文本"本身而论，思妇的形象、言行、相思怨叹之情，是"思妇文本"所以构成的主要成分；但民间风谣中的思妇情怀驳杂多元，文词质朴无华，出自魏晋文人之手的文本，则不仅被精心雕绘为一"美感形象"，复因其于贞顺自守、一无怨悔之情的反复陈诉，成为"善"的象征。就写作手法言，这是承袭"香草美人"的"比兴"传统，就写作目的言，正可视为文人借此"言志"的表现。而基本上，"言志"本就与人文化成的德化思想互为表里，在浓厚的"理想"性格使然下，诗作于取材时舍"实然"而就"应然"，本系顺理成章。魏晋以还，"思妇文本"不见驳杂多元的情欲流衍，自是出于文人写作时的有意为之。

其二，从文学史角度来看，"文体通行既久，染指遂多，自成习套；豪杰之士亦难于其中自出新意，故遁作他体以自解脱"，是以"四言敝而有《楚辞》，《楚辞》敝而有五言",[①] 其事本属自然。尤其,在《楚骚》一系的创作中,假屈子之口而诉一己情怨的"拟代"作法,本就所在多有。[②] 骚赋既敝,则继之而起的五言诗,自然也随而承袭了前代文学的"拟代"传统。只是,在传承之中,代屈子立言的作法,已因"楚骚体"式微而盛况不再,倒是借"思妇"之口以诉情怨的作法,却循由文人摹习民间风谣中男女情怨之辞,并借以"言志"的情形,蔚为风潮。由此,亦可见无论在文学理念,抑是创作实践上,魏晋后"思妇文本"的转变、定型,都有其水到渠成的内在依据。

然则,文本的形成既不能自外于既有的文学传统,但为何身为男性的文人,会有意识地去摹习风谣中失意妇女的情怨之辞?从身为早期文本的"读者",到以"拟

[①] 引自王国维:《人间词话》(台南:北一出版社,1972年),第24页。
[②] 徐复观先生曾指出:"拟《骚》为式"的"贤人失志之赋",其作者多为汉代大一统政治体制之下深受压抑、挫折的失意知识分子,他们往往以屈原"信而见疑,忠而被谤,能无怨乎"的"怨",象征着他们自身的"怨";以屈原的"怀石遂投汨罗江以死"的悲剧命运,象征着他们自身的命运。因此,这些"失志之赋"多不免仿屈子之行文遣词,以假其口而代为立言的方式为之,来寄寓一己之忧愤。说参徐复观:《西汉知识分子对专制政治的压力感》,《两汉思想史》卷一(台北:学生书局,1989年),第284页。

代"身份出现的"作者",其间又关涉了些什么样的问题?"思妇文本"在魏晋文人笔下凝塑成型后,是否也对后代诗歌的创作造成影响?欲解决这些问题,则须对汉晋以来"拟代"的风气予以了解。

所谓"拟代",其实是一种特殊的为文方式,其最重要之特色,乃在关涉一"读者""作品""作者"间之辩证融汇过程——意即原先之读者,在经历对相关作品(或人事现象)之阅读、了解后,或因嘉其情、或因美其辞,进而欲以之为范式,就嘉美处予以摹习,并再行创作之谓。落实在"思妇文本"的写作上,属"拟作"之一类,所仿拟者固为已形诸文字的书写品;但"代言"所根据的,往往就只是思妇的一般特征和"同有之情"。然则,思妇的一般特征和"同有之情"如何得知呢?除却作者一己的耳闻目见之外,恐怕就是来自更早的相关文本和妇女论述了。它们得以在拟代者笔下以另一文本形式出现,除却作者本身才情学力方面的因素外,更关乎伴随"阅读"活动而来的、个人发自于内心的认同和转化过程。

根据刘若愚先生对阅读现象学的论述,在阅读活动中,"就读者追随着构成字句结构的文字而言,读是写的一个近似的再演",故当"再创造作者所创造的境界时,读者扩展了他本身的'生存世界'与他对现实的认知"[①];不过,正由于"阅读"本身即蕴含一"再创造"过程,故读者经阅读而来的情感,又不尽然同于原作,甚至于,它还常因不能自外于由文化习惯、概念系统所形成之"前理解"的筛拣和预期,[②] 而有"作者未必然,读者何必不然"的另类诠解。[③] 故当以"拟代"方式再度发咏时,亦自可有不同面向、不同考虑的取舍损益。

这一点,若再结合前述政教理想、诗学传统的论述,当可发现:魏晋诗人所以会热衷于摹写已婚失意妇女的相思情怨,一则固因政教理想和"言志"诗观的重点,本都在强调"造端乎夫妇"——亦即由家庭伦理而扩及

[①] 引自刘若愚:《中西文学理论综合初探》,收入郑树森编:《现象学与文学批评》(台北:东大图书公司,1984年),第145—146页。

[②] "前理解"意指诠释活动发生前即已具有,并参与、制约着诠释活动的一组结构因素,包括既有的文化习惯、概念系统及预先做出的假设等。参见海德格尔著,王庆节、陈嘉映译:《存在与时间》第三十二节(台北:桂冠图书公司,1990年),第206—213页。

[③] 此为清代常州词派以"比兴寄托"说论词的论点。引文出自谭献:《复堂词话》。

至政治伦理。因此，贞顺自守的思妇，自然以此而成为"美""善"兼具的最佳比兴人物，也是诗人阅读写作时最为注意的焦点。再则，由于在严密高压的政治体制之中，为臣子者的处境，本与被传统婚姻观与性别规范所制约的妇女处境若相仿佛。证之前引阴阳学说的观点，由于"君为臣纲"，故相对于为君者的绝对之"阳"，为臣者自始至终就注定了"不得专起""不得分功"的政治宿命。因此，从一方面说，不幸妇女的遭遇，仿佛也就成为失志臣下的一面明镜，使其从中看到自己在政治生涯中的不幸；从另一方面说，不幸的政治生涯，亦由此而可以作为"思妇""怨妇"之所以"思"、所以"怨"的脚注。二者相参互映，遂形成情感上纠结复杂的另一重辩证。于是，"思妇"的相思情怨，乃杂糅着女性本身的不幸，和失志臣下的悲愤，在诗人有意识的转化下，成为"言之者无罪，闻之者足以戒"的"谲谏"形式，不时隐现着"下以风刺上"的耿耿孤忠。前述曹植之作，即为个中典型。而在"思妇文本"的形成过程中，"以赋为比"性质强烈的《七哀诗》，似乎也缘此而具有"里程碑"的意义了。

无疑地,"借男女以喻君臣",是古典文学传统中极其普遍且重要的一种美学技巧。魏晋以来的"思妇文本",正是若干文人在有意识地运用"以赋为比"的手法下,所成就的美学典型。由于曹植"情兼雅怨,体被文质";陆机"才高词赡,举体华美"(《诗品》卷上),在他们大力摹写下,此类文本,更以高度的艺术性,引发后人兴趣,并成为一再被赏鉴、仿拟的参照对象。不过,尽管有不少"思妇文本"确是别有寄托的比兴之作,且在被写定之后,成为其后继之作的参照文本,可是,后继者是否同样以比兴寄托的态度去从事一己的写作?却又似乎不能一概而论。但唯一可以确定的是:只要它在艺术成就上有过人之处,就必然会融入既有文学传统之中,成为左右后代文人创作走向的典范。[1] 而类似文本奕代迭现,当然也就形成"自成一格"的文学

---

[1] 如汉季张衡曾作《四愁诗》,其原意盖为:"效屈原以美人为君子,以珍宝为仁义,以水深雪雾为小人,思道术以为报,贻于时君,而惧谗邪不得以通。"(见《四愁诗·序》,《先秦汉魏晋南北朝诗》之《汉诗》卷六)但晋代的傅玄于拟作时,则仅着眼于它的"体小而俗,七言类也";换言之,即仅就其体式特色"聊而拟之",并不特别看重其情志层面。参见其《拟四愁诗·序》,《先秦汉魏晋南北朝诗》之《晋诗》卷一。

体类。其间曲折，或可取南朝女诗人鲍令晖之作为例，予以说明：

> 袅袅临窗竹，蔼蔼垂门柳。
> 灼灼青轩女，泠泠高堂中。
> 明志逸秋霜，玉颜掩春红。
> 人生谁不别，恨君早从戎。
> 鸣弦惭夜月，绀黛羞春风。
> ——《拟青青河畔草诗》，《先秦汉魏晋
> 　　　　南北朝诗》之《宋诗》卷九

> 客从远方来，赠我漆鸣琴。
> 木有相思文，弦有别离音。
> 终身执此调，岁寒不改心。
> 愿作阳春曲，宫商长相寻。
> ——《拟客从远方来诗》，《先秦汉魏晋
> 　　　　南北朝诗》之《宋诗》卷九

> 寒乡无异服，衣毡代文练。

日月望君归，年年不解綖。

荆扬春早和，幽冀犹霜霰。

北寒妾已知，南心君不见。

谁为道辛苦，寄情双飞燕。

形迫杼煎丝，颜落风催电。

容华一朝尽，惟余心不变。

——《古意赠今人诗》，《先秦汉魏晋南北朝诗》之《宋诗》卷九

明月何皎皎，垂幌照罗茵。

若共相思夜，知同忧怨晨。

芳华岂矜貌，霜露不怜人。

君非青云逝，飘迹事咸秦。

妾持一生泪，经秋复度春。

——《代葛沙门妻郭小玉作诗二首之一》，《先秦汉魏晋南北朝诗》之《宋诗》卷九

令晖是鲍照之妹，史书无传，唯《玉台新咏》注引《小名录》，谓其"有才思，亚于明远，著《香茗赋》，

67

集行于世"。《诗品》列其诗于"下品",评曰:"令晖歌诗,往往崭绝清巧,《拟古》尤胜。"由于身为女性,可以肯定其拟作、赠人歌诗中,当不致于有男性文人因宦场失意而生的"比兴寄托";而其诗于用字遣词时的"崭绝清巧",亦显其个人风格。不过,就其同属"思妇文本"之体类看来,由于"拟""代"之基本质性使然,故无论是自作的拟古也好,为赠人、代作者也好,都并不曾因其"女性"身份,而于情意内涵上有更多的扩展。别后的相思、忠贞的情爱、幽居独处、华落色衰的哀怨,依然是贯串全诗的不变基调。其原因,一则或因自身家教阃仪陶养,有以致之;再则,亦未尝不是魏晋文人所酿塑成型的文本典型俱在,其摹习之际,自然被其浸润之故。而"思妇文本"因一再地被摹习、拟作,以至在文学传承过程中"自成一格"的情形,由此可见一斑。

四、余论：性别仿拟与女性主体的消解
——"思妇文本"形成的另类反思

由以上论述可知：早期民歌中，女性的相思情怨多为自身情怀的发咏，故驳杂多变，活泼多元；魏晋以后，由于怀抱政教理想、深受言志诗观影响的文人，有意识地以"拟作""代言"方式，集中着墨于已婚妇女的贞顺自守、哀叹自怜，乃使其逐渐成为具有"典律"性格的写作范式。不唯自成一体类，亦且在其融入文学传统的同时，成为导引、规范后出文本的典型。因此，汉晋诗歌中"思妇文本"的形成，绝非纯粹的文学现象，而是汇集了妇女处境、诗学传统、政教理想，以及诗人本身的情志遭遇等多重复杂因素的辩证历程。由于关涉的层面繁复，以及着眼于"应然"的理想性，这一体类的文本虽以妇女形象情怀为主要内容，但实际上，却并非多元驳杂之"实然"的图现。那么，在这样一种"应然"与"实然"的落差中，究竟隐现了什么样的问题？又造成什么样的影响？在全文最后，本文将由"性别仿拟与

女性主体的消解"之层面着眼，为"思妇文本"的形成，提出些许另类反思。

成于魏晋文人诗中的"思妇文本"，作者既多为男性，则其以女性身份发言，首先关涉一"性别仿拟"问题；此一仿拟，虽以男性对女性的"认同"为起点，其结果，却不免促成了女性主体的消解。个中缘由，当可由"仿拟（拟代）"与"'性别'仿拟"两者分别言之。

本来，"拟代"文学的写作，即在以设身处地、感同身受的态度，对所欲拟代之对象的境遇、心情，去进行"近似的再演"。因此，"认同"乃是拟代诗文的共同特质，而"设身处地"式的情境模拟，不唯可泯除人际的畛界，亦可使个人超越外在现实框限，获致心灵舒解。若以传统文学观视之，它乃是魏晋人回顾过去、参与现时、迎向未来的一种生命体验，具有一定的正面意义。只是，"思妇文本"的拟代对象，既然只是经过筛拣、文饰化后的特定典型，则此一"认同"，从一开始就不免具有相当的局限性和虚构性。再者，从曹植开始，诗人为"思妇"代言，往往是为了纾解一己的"失志"之憾，因而成为自我欲望、焦虑的转化投射。即使有些作品未必有比兴寄托之意,其所认同、图现的"思妇",也是"应然"成分多于"实然"成分的理想中人物。当它再以美学典型的形态呈现于文学传统之中,并成为后人一再仿拟的对象后,真正的女性主体,似乎也就在这不断的虚拟想象之中,被模糊、简化、稀释,径至于消解不存。

不仅于此,若再由"'性别'仿拟"层面看来,"男""女"本为生理意义上的区辨;"男性""女性"则为社会文化方面的不同定位。前者是为"性"(sex);后者则为"性别"(gender)。大体而言,"性"因先天秉受而具有一定的本质性,"性别"却可能在个人性向特质和后天环境之陶养、规范的互动下,有其多元流动的变貌。只是,在传统性别规范中,不但"男主女从""男外女内"等观念早已根深柢固,随阴阳学说而来的"阳尊阴卑"之论,更在男性与女性之间,划出高下判然的阶级鸿沟。是以,虽然曾有学者参考旨在消泯两性对立的"雌雄同体"(androgyny)论述,指出:文本中男性以女性身份、女性声音发言的现象,正可视为"深隐于男性之心灵中的女性化的情思"之展现,并以此为涵融"双性人格"的美学范式。[1]但衡诸诗歌史的发展,"思妇文本"的奕代继作,其实是一个近乎"连环套"的接力"表演"过程,每一后继者,都在重复扮演前修所曾扮演过的角色,而"思妇",也就因文人一再"在僵化框框内不断重复,以致产生了'自然'形态和'实体'的表象",其结果,非但不是两性对立的消泯,反而因不断重复表演,俨然建构出特定且僵固的"性别身份",[2]并反过来支配、规范了真正女性的言行模式。(前引鲍令晖的拟代诗作,即为一例)。相对于此一类似英文中"大写单数"的"思妇"强势垄断,无数现实生活中的、"小写复数"的女性主体,自然也就湮没不彰了。

对于女性而言,上述情形无疑是极其不公平、极不合理的现象。也因此,在迩来的"性别论述"之中,楼头怅望、幽闺独守的思妇,往往被论断为"空洞的能

---

[1] 如叶嘉莹先生即以此观点论述温庭筠、韦庄等人以女性声音填作《花间》小词的情形。说参《论词学中之困惑与〈花间〉词之女性叙写及其影响》。
[2] 此处系参考女性主义学者朱迪斯·巴特勒(Judith Butler)在《性别麻烦》一书中的论述,但巴氏重在以"表演说"解构性别的本质性,而本文则据此申言性别的僵化对立,正是来自表演的一再重复。说参:Judith Butler, *Gender Trouble: Feminism and the Subversion of Identity*(London: Routledge, 1990)。

指""男性笔下二元化的象征符号"。① 她们的存在，似乎印证的是："男作家作品中女性的存在，总是透过欲望的复杂作用表现出来的。解读男性作家的作品因而会面对这些有关女性的陈套和态度，是它们构成了对女性压抑的沉郁的记录。"②

诚然，出之于男性文人之手的思妇文本，的确未能反映女性自身的真实经验。甚至于，还在营塑"思妇"之美学典型的同时，促导了女性主体的消解。但是，证之前文所论，此一由文人以"拟""代"方式所发展出的文本，所以会别出于讴吟土风之外，成为一汇集多重理念与情感的美学典型，亦非偶然。而由早期失志文人热衷于代屈子立言的情形看来，"思妇"之所以会被借

---

① 孟悦、戴锦华以为：女性形象变成男性中心文化中的"空洞能指"，男性所自喻和认同的并不是女性的性别，而是封建文化为这一性别所规定的职能。说参孟悦、戴锦华：《浮出历史地表》（台北：时报文化，1993年），第22页。又，刘纪蕙指出：在男性的文学中，女性成为男性意义认同的象征符号与自我表达的形式。女性是男性自我另一面向的复制。说参刘纪蕙：《女性的复制：男性作家笔下二元化的象征符号》，载于《中外文学》18卷1期（1989年6月），第116—136页。
② 此为女性主义文学批评家阿德里安娜·慕尼黑（Adrienne Munich）综合波伏娃（Beauvoir）、埃尔曼（Ellmann）、米利特（Millett）等人之说的论述，引自〔美〕格蕾·格林、考比里亚·库恩合编，陈引驰译：《女性主义文学批评》（台北：驼骆出版社，1995年），第215页。

用为比兴人物，亦有其文学传统、社会机制的多方因缘，并非有意要"构成对女性的压抑"。只是，美学典型一旦成形，便自然融入既有文学与文化传统之中，对后人产生一定的规范力量。以女性立场观之，这样一种出于男性虚拟想象中的认同，其负面影响自不在话下。

总之，汉晋诗歌中"思妇文本"的形成，乃是一繁复多端的历程。不过，也就因为它内蕴繁复，乃使我们在爬梳、探勘其形成因由的过程中，能够以更全面、开阔的视野，去了解这个以男性为中心的文化，及由它发展出来的语言系统和文学创作。特别是，鲍令晖的例子，更提醒我们：作为女性"诗"人，她所要面对的，除却父权体系下，社会生活政教传统的种种压力外，更有那来自文学典律，诗学成规的牢笼。女性诗人，所发出的，是否必然就是自我的女性声音？这同时为我们在进行女诗人相关研究时，开启诸多值得进一步深思的问题。

依违于妇德与才性之间

——《世说新语·贤媛》的女性风貌

一、前言

《世说新语》是六朝著名的清言小说,在内容上,它以记载汉末至魏晋时期人物的言行风貌为主;在体例上,系根据所记人物的性格与行为,将其分系于《德行》《言语》等三十六类目之下。《贤媛》,正是三十六类目之一。由于其专记妇女言行,遂成为后人了解该时期妇女行谊风貌的重要资料。

不过,由于魏晋时风本有异于其他时代处,因此,虽题名为"贤媛",但若就其所记与魏晋以前之妇德观相对照,乃不免有所龃龉。为此,余嘉锡《世说新语笺疏》一书在疏解《贤媛》一篇时,便曾就此提出抨击:

> 本篇凡三十二条,其前十条皆两汉、三国事。有晋一代,唯陶母能教子,为有母仪,余

多以才智著，于妇德鲜可称者。题为贤媛，殊觉不称其名。

甚且，他还引录干宝与葛洪批评晋之妇教的言论，以论断其时"妇职不修，风俗陵夷，晋之为外族所侵扰，其端未必不由于此也"[①]。但基本上，《世说新语》本是人伦品鉴风气下的产物，其所以成书，自有其时代性意义。整体而论，该书记言叙事之取舍标准，大抵系于品鉴与审美方面的考虑；《贤媛》既为其中一篇，所记当不能自外于此。然人伦品鉴之由实用而趋于审美、《世说新语》叙事之由史传而趋于小说，实有一定因缘转折。

---

① 引自余嘉锡：《世说新语笺疏》（台北：华正书局，1984年），第664页。又，其所引干宝、葛洪之说如下：

其妇女庄栉织纴，皆取成于婢仆，未尝知女工丝枲之业，中馈酒食之事也。先时而婚，任情而动，故皆不耻淫逸之过，不拘妒忌之恶。有逆于舅姑，有反易刚柔，有杀戮妾媵，有黩乱上下，父兄弟之罪也，天下莫之非也。又况责之闻四教于古，修贞顺于今，以辅佐君子者哉？（干宝《晋纪·总论》）

今俗妇女，休其蚕织之业，废其玄纮之务。不绩其麻，市也婆娑。舍中馈之事，修周旋之好，更相从诣，之适亲戚，承星举火，不已于行。多将侍从，晡晔盈路，婢使吏卒，杂错如市；寻道褒谑，可憎可恶。或宿于他门，或冒夜而反；游戏佛寺，观视渔畋；登高临水，出境庆吊；开车褰帏，周章城邑；杯觞路酌，弦歌行奏。转相高尚，习非成俗。（葛洪《抱朴子·外篇·疾谬》）

尤其，"才智"本就是人伦品鉴中"才性论"的重要部分。如此，则图现于《贤媛》中的女性，其所以能被冠以"贤"名，便不能仅由一般传统观念来检视，[①]而必须配合当代的品鉴风潮整体以观。余氏未能虑及于此，所论显然有失公允。不过，"以才智著，于妇德鲜可称者"的抨击，却也促使我们思索："才性"与"妇德"是否一定是相互冲突、无法并容的两极？《贤媛》之所以能以"贤"名篇，其缘由何在？其中所记的女性风貌如何？若就中古叙事文类中的"女性叙写"整体以观，《贤媛》的出现，又具有何种意义？这些，都将是我们研探、反思传统文化中的妇女问题时，值得深究之处。

为此，以下便先由传统四德观（妇德、妇容、妇言、妇功）的建构及魏晋人伦品鉴观的特色说起，继而论析《贤媛》所呈显之女性风貌，并辨析其间"妇德"（传统）与"才性"（当代）、女性主体与家庭、社会政治间的纠结缪轕；最后，则取《世说新语》其他篇目所记的女

[①] "传统"一词的意涵原本极为广泛，但因本论文旨在论析《世说新语·贤媛》的女性风貌，故文中所提到的"传统"，在时间上，自系指魏晋以前；在内涵方面，则泛指由先秦典籍所建构的妇德观，即"妇德、妇言、妇容、妇功"等四德，以及"男外女内""男主女从"等一般观念。

性作一对照比较，以期了解：同样是女性（甚至是同一个人），为什么有些可入于"贤"媛之列，而其他则否？同时，亦将《贤媛》置于"女性叙写"的叙事传统之中，以观照其时代意义。

二、《贤媛》女性观的相关背景：传统四德与风神才辩

《贤媛》是为《世说新语》中之一篇，它的出现，以及在叙写中所呈显之特色，理当与《世说新语》一书的基本性质表里因依。《世说新语》一书既为人伦品鉴风气下之产物，则以"才性论"为依据的品鉴观，自当为其记事取材的重要准据。不过，由于《易》《礼》等经典向来强调"男女有别"，对女性的地位与职分往往多所范限，《贤媛》的成篇，似乎也不能完全自外于此。尤其，在《贤媛》的第六条中，曾有如下记载：

> 许允妇是阮卫尉女，德如妹，奇丑。交礼

竟，允无复入理，家人深以为忧。会允有客至，妇令婢视之，还，答曰："是桓郎。"桓郎者，桓范也。妇云："无忧，桓必劝入。"桓果语许云："阮家既嫁丑女与卿，故当有意，卿宜察之。"许便回入内。既见妇，即欲出。妇料其此出，无复入理，便捉裾停之。许因谓曰："妇有四德，卿有其几？"妇曰："新妇所乏唯容尔。然士有百行，君有几？"许云："皆备。"妇曰："夫百行以德为首，君好色不好德，何谓皆备？"允有惭色，遂相敬重。

许允妇貌丑无容，原本见弃于夫，后来却以过人之才辩，使夫婿幡然悔转，当是此一记载所欲突显的重点。但值得细思的是，其中许允明明"好色不好德"，却还要用"妇有四德，卿有其几"来挑剔、苛求妻子，其所体现者，无非源自过去社会中，男性对妇女诸多不合理却往往被视为当然的沙文心态。但最后，"允有惭色，遂相敬重"的结果，却也流露出：在一个以个人风神才辩是尚的时代中，即或身为女性，亦可以此一方面的特质反诘传统，见赏于世。因此，许允夫妇间的相互诘难，其意义遂不止于"足为谈助"的逸闻琐语而已；其间，实隐涵了传统四德（按，亦即其后班昭《女诫》中的四行：妇德、妇言、妇容、妇功）与当代品鉴重点（个人之风神才辩）的质诘交锋。而这，恰好也正是《贤媛》女性风貌的特点所在。以下，便先由秦汉以来妇女四德观的建构谈起。

（一）德言容功——着眼于"四德"的传统妇女观

在传统文化中，虽然并不完全否定"才"，但若与"德"相较，则"重德轻才"的倾向却十分明显。早期儒家便强调"君子先慎乎德"[1]；"耻有其辞而无其德""有德者必有言，有言者不必有德""巧言，令色，鲜矣仁"，以及"三不朽"之说中，首以"立德"，末以"立言"等论述，[2] 均反映出"德先才后"、重视德行多于才智的基本意识形态。既然，对男性尚且要鼓励

---

[1] 《礼记·大学》（《礼记正义》卷六〇，《十三经注疏》本）。
[2] 分见《礼记·表记》（《礼记正义》卷五四，《十三经注疏》本）、《论语·宪问》（《论语注疏》卷一四，《十三经注疏》本）、《左传·襄公廿四年》（《春秋左传正义》卷三五，《十三经注疏》本）。

其以君子之"德"胜小人之"才",女子之"才",自然更被贬抑。①

所以如此,当系在以儒家为主的文化机制中,向来着重"婚姻"关系,以及"家庭"在社会国家中的枢纽地位;而"人文化成"的婚姻观,加上"男尊女卑""男外女内""男主女从"等经典论述,则不但将女性的居所和活动范围局限于家庭,更使她们即使在家庭中,也

---

① 有关女子之"才""德"于传统文化中的讨论,详见刘咏聪:《"女子无才便是德"说的文化涵义》,《女性与历史——中国传统观念新探》(台北:商务印书馆,1995年),第89—103页。不过,该文系泛论先秦以迄明清的女性才德观,而本文所论,则仅止于魏晋以前。

只能居于附属地位。[①]因此,在不鼓励女子展露才智的同时,乃转而要求其在"德言容功"等属于"妇德"方面的表现,并将对于家庭的奉献付出,视为女性存在的终极意义。以是,"妇德"乃成为古代礼制伦常中极为重视的项目,先秦各典籍与班昭《女诫》等,均为建构此一妇女观的重要论述,而刘向《列女传》,亦当具有相当影响力。

[①] 儒家经典对此论述颇多,例如:

女正位乎内,男正位乎外,男女正,天地之大义也。(《易·家人·彖辞》)(《周易正义》卷四)

男不言内。女不言外。……内言不出,外言不入。……男子居外,女子居内,深宫固门,阍寺守之,男不入,女不出。(《礼记·内则》)(《礼记正义》卷二八)

天地合而后万物兴焉。夫昏礼,万世之始也。……壹与之齐,终身不改。故夫死不嫁。男子亲迎,男先于女,刚柔之义也。天先乎地,君先乎臣,其义一也。……出乎大门而先,男帅女,女从男,夫妇之义由此始也。妇人,从人者也,幼从父兄,嫁从夫,夫死从子。夫也者,夫也;夫也者,以知帅人者也。(《礼记·郊特牲》)(《礼记正义》卷二六)

妇人有三从之义,无专用之道。故未嫁从父,既嫁从夫,夫死从子。故父者,子之天也,夫者,妻之天也。(《仪礼·丧服》)(《仪礼注疏》卷三〇)

相关研究可参阅曾昭旭:《中国文化传统下的婚姻观》,《鹅湖》9卷1期(1983年7月),第31—33页。徐秉愉:《正位于内——传统社会的妇女》,《中国文化新论:吾土与吾民》(台北:联经出版公司,1987年),第156—160页。杜芳琴:《女性观念的衍变》(郑州:河南人民出版社,1988年)。陈鹏:《中国婚姻史稿》(北京:中华书局,1990年)。

从先秦开始,传统的家庭教育,便是将女子从小教育(训练)为一个称职的家庭主妇,以便出嫁后能在夫家从事服务性的工作。如《礼记·内则》即明言:

> 女子十年不出,姆教婉娩听从,执麻枲,治丝茧,织纴组紃,学女事,以共衣服,观于祭祀,纳酒浆笾豆菹醢,礼相助奠。(《礼记正义》卷二八)

而出嫁之前,更要施以"成'妇'顺"的密集训练——也就是强调身为人"妇"者,应如何经由"妇德、妇言、妇容、妇功"四方面,在"家室"中扮演好自己的角色。《礼记·昏义》中的这段话,便是最具代表性的论述:

> 妇顺者,顺于舅姑,和于室人,而后当于夫,以成丝麻布帛之事。……是以古者妇人先嫁三月,祖祢未毁,教于公宫,祖祢既毁,教于宗室,教以妇德、妇言、妇容、妇功。教成祭之,牲用鱼,芼之以蘋藻,所以成妇顺也。(《礼

记正义》卷六一）

此处虽未标以"四德""四行"之目,但已明言"妇德、妇言、妇容、妇功"是为"成妇顺"之要件;其后,郑玄《注》谓:"妇德,贞顺也;妇言,辞令也;妇容,婉娩也;妇功,丝麻也。"对此略有引申,但并未多作发挥。

另外,西汉刘向的《列女传》虽未就妇德予以具体、系统化的阐析,但其所以传述列女,目的乃在于取"贤妃贞妇兴国显家可法则,及孽嬖乱亡者","以戒天子"(《汉书·楚元王传》)。故就其各篇所记述的实例和篇首的颂赞看来,亦可窥其褒贬之准则。[1] 如《母仪传》赞曰:

> 惟若母仪,贤圣有智。行为仪表,言则中义。

---

[1] 现今所见之《列女传》凡七卷,另附《续传》一卷,作者不详。原书本为一编,据说是宋代王回将其分为七篇,计:母仪、贤明、仁智、贞顺、节义、辩通、孽嬖。在体例上,每篇之首各有颂赞,而后则依序分列传文,序述各人足以为人楷模或为世垂戒之事迹。有关该书之作者、内容、取材等相关问题,参见张敬:《列女传与其作者》,收入李又宁、张玉法编:《中国妇女史论文集》(台北:商务印书馆,1981年),第50—60页。

胎养子孙，以渐教化。既成以德，致其功业。姑母察此，不可不法。

《贤明传》赞曰：

惟若贤明，廉正以方。动作有节，言成文章。咸晓事理，知世纪纲。循法与居，终日无殃。妃后贤焉，名号必扬。

《仁智传》赞曰：

惟若仁智，豫识难易。原度天道，祸福所移。归义从安，危险必避。专专小心，永惧匪懈。夫人省兹，荣名必利。

从"姑母""后妃""夫人"等称谓看来，《列女传》所重视者，仍属为人妻、母者，如何在家庭中扮演好为"妇"者的角色。其间，"贤圣有智""廉正以方""言成文章""豫识难易"等赞语，亦流露出：只要能致使丈夫、儿子成德立业、趋吉避凶，则为妇者亦不妨展现其所具有的才德智慧。

然时至东汉，班昭作《女诫》，由于其动机在"伤诸女方当适人，而不渐训诲，不闻妇礼，惧失他门，取耻宗族"，故除申言"卑弱""敬顺"等言行准则外，其中的《妇行第四》，便在标举"四行"之目的同时，再就妇女职分加以明确规范：

> 女有四行，一曰妇德，二曰妇言，三曰妇容，四曰妇功。夫云妇德，不必才明绝异也；妇言，不必辩口利辞也；妇容，不必颜色美丽也；妇功，不必工巧过人也。清闲贞静，守节整齐，行己有耻，动静有法，是谓妇德。择辞而说，不道恶语，时然后言，不厌于人，是谓妇言。盥浣尘秽，服饰鲜洁，沐浴以时，身不垢辱，是谓妇容。专心纺绩，不好戏笑，洁齐酒食，以奉宾客，是谓妇功。……
>
> ——《后汉书》卷八四

在此，《女诫》不唯对女性"应该"具备的言行予以正面标示，也清楚地说明了种种"不必"的表现。当然，"不必"意为"不必然"，看似并不绝对禁止，但若参照同文中"卑弱""敬顺"部分之论述，则其对女性的范限之严，实远甚于前代。① 于此，除可见妇教宽严嬗变之迹外，②亦可见原本在西汉尚且被认可的女性才慧，是如何被更进一步地抵制、遏阻。

但，耐人寻味的是，《世说新语·贤媛》中的女性，往往却是在呈显出"应该"言行的同时，更体现了诸多

---

① 《女诫》论"卑弱"谓：
卑弱第一：古者生女三日，卧之床下，弄之瓦砖，而斋告焉。卧之床下，明其卑弱，主下人也。弄之瓦砖，明其习劳，主执勤也。斋告先君，明当主继祭祀也。三者盖女人之常道，礼法之典教矣。谦让恭敬，先人后己，有善莫名，有恶莫辞，忍辱含垢，常若畏惧，是谓卑弱下人也。……
论"敬顺"谓：
敬慎第三：阴阳殊性，男女异行。阳以刚为德，阴以柔为用，男以强为贵，女以弱为美。……故曰敬顺之道，妇人之大礼也。夫敬非它，持久之谓也。夫顺非它，宽裕之谓也。持久者，知止足也。宽裕者，尚恭下也。夫妇之好，终身不离。房室周旋，遂生媟黩。媟黩既生，语言过矣。语言既过，纵恣必作。纵恣既作，则侮夫之心生矣。……侮夫不节，谴呵从之，忿怒不止，楚挞从之。……
根据这些文字，乃可见《女诫》对女性的范限之严。
② 刘向《列女传》代表了秦汉之际的女性道德观，并不以单一标准来衡量女性。说参杜芳琴前揭书，第131—132页。相形之下，《女诫》则严苛得多。

的"不必"。而这些"不必"的表现,不但逾越《女诫》的规范,甚且还超轶出原本就较为宽泛的《列女传》。此一"应该"与"不必"间的相互辩证,毋宁正是《贤媛》最值得注意之处,而魏晋由实用而趋于审美的人物品鉴观,正是左右此一转变的主要因素。

(二)风神才辩——由实用趋于审美的人物品鉴观

基本上,魏晋以前,"妇德"强调的是妇女在家庭的附属地位及服务性质,个人主体不仅不被重视,甚至还有意被抵制、压抑。而"才智",却是表彰自我、焕显主体的重要标记,当然,也是所谓"自觉"的表征之一。[1] 此一"自觉"能够被有意识地发掘、披露,彼时"人的觉醒"意识蔚为风潮,以及由实用趋于审美的人物品鉴观,当为个中关键。

盖自汉末以迄六朝,乃是中国政治上极混乱、社会上极痛苦的时代;然一切外在的动乱和苦难,反而促发时人对于自身存在意义与价值的反省追索。如何有意义

---

[1] 有关个人"自觉"之说,参见余英时:《汉晋之际士之新自觉与新思潮》,《中国知识阶层史论》(台北:联经出版公司,1980年),第231—275页。

地、自觉地充分把握住这短促而多苦难的人生，使之更为丰富满足，遂成为彼一时代中人共同关切的主题。此一现象，李泽厚先生认为：

> 它实质上标志着一种人的觉醒，即在怀疑和否定旧有传统标准和信仰价值的条件下，人对自己生命、意义、命运的重新发现、思索、把握和追求。[1]

这种"人的觉醒"意识的开展，和自两汉以来即已盛行的人物品鉴之风相结合后，人的才情、气质、格调、风貌、性分、能力，便成为品人的重点所在。

所谓"人物品鉴"，系指对人物德行、才能、风度等方面予以品评、赏鉴。其事虽古已有之，但由于两汉用人采察举、辟征之制，人才晋用，要以乡里对其人德行、才能之考察品评为据，这就使人物品鉴与政治需要相结合，成为一重要课题、魏晋以还，缘于政治、社

---

[1] 说见李泽厚：《美的历程》（台北：元山书局，原书未著出版日期），第90页。

会、学术思想上的种种改变，原以"知人任用"为目的的品鉴之风，遂依随当时"才性论""情性说"的提出，转而形成一股以审美旨趣为依归的赏鉴风潮。当此之际，原先从政治需要出发的对人物德行才能的评论，便转为对人物才情风貌的审美品赏。[1]唯其远离政治，故鉴衡褒贬意味轻，揄扬称赏意味重；亦唯其性质偏于美感品味，重点遂落于对个人情性、智慧、言语、容貌、风姿、生活态度的欣赏称扬之上。此时所重视者，不再是人的外在的行为和节操，也不再是任何关乎功利、功业的政治性作为，而是"人的内在精神性"。于是：

> 讲求脱俗的风度神貌成了一代美的理想。不是一般的、世俗的、表面的、外在的，而是必须能表达出某种内在的、本质的、特殊的、超脱的风貌姿容，才成为人们所欣赏、所评价、

---

[1] 关于人物品鉴风气的形成和转变，可参考李泽厚：《中国美学史》第二卷第三章（台北：谷风出版社，1987年）；牟宗三：《才性与玄理》第二、三章（台北：学生书局，1983年）；唐长孺：《魏晋南北朝史论丛》一书中的《九品中正制度试析》《清谈与清议》二章（原书未著出版社暨出版日期）；张蓓蓓：《汉晋人物品鉴研究》（台北：台大中文所博士论文，1983年）。

所议论、所鼓吹的对象。①

此一对"人的才情、气质、格调、风貌、性分、能力"的强调,也正是被誉为"人伦之渊鉴""言谈之林薮"的《世说新语》叙写特色所在。唐君毅先生曾指出:

> 《世说新语》首卷之载其时人之《德行》《言语》《政事》《文学》,此乃初不出孔门四科之遗者。然其后诸卷之言其时人之《雅量》《识鉴》《赏誉》《品藻》《规箴》《宠礼》《企羡》,即纯就人之能包容、了解,而欣赏、赞美此不同才性之人格,而即以此见其中之为德者。其《豪爽》《容止》《自新》之篇,则记当时人对天生之才之赞赏者。《伤逝》之篇,则言对所交游之人格之怀念。余如其《任诞》《简傲》之篇记个性强之人格任才傲物之事。《排调》《轻诋》《假谲》《黜免》之篇,

---

① 见李泽厚:《美的历程》,第90页。

则记不同形态人格之相诋排、相黜免，而假饰以相交之事。至于《俭啬》《汰侈》《忿狷》《谗险》《尤悔》《纰漏》《惑溺》《仇隙》诸篇，则记人之不德之事与情，唯足资谈助为鉴戒者。总而言之，则此《世说新语》，乃代表魏晋以降人对人之表现才德、性情之事，有多方面之包容、了解、品鉴、赞赏之书。①

既然，该书所代表者，乃是对人之才德性情的"多方面"包容、了解、品鉴与赞赏，那么，原本在过去社会文化中被忽略，甚至被定型的女性，遂亦得以其合于称赏赞叹之标准的言行，居于三十六类目之中，成为《世说新语》叙写重点之一，并受到一定的瞩目与赏叹。

不过，此一对人之才德性情的包容、了解与品赏容或多面，其中仍当有一定之系统性在焉。尤其，《世说新语》以孔门四科居首，又将类目析分为三十有六，其欲就人之才性明辨细分之意图，实昭然可见。其中，《贤

---

① 见唐君毅：《中国哲学原论·原性篇》（台北：学生书局，1984年），第143页。

媛》以"贤"名篇而不以"德"称,自当有其内在依据。据《人物志·九征》,人物依其才性不同,乃有高下之品论:

> 其为人也,质素平澹,中睿外朗,筋劲植固,声清色怿,仪正容直,则九征皆至,则纯粹之德也。九征有违,则偏杂之材也,三度不同,其德异称。故偏至之材,以材自名;兼材之人,以德为目;兼德之人,更为美号。是故兼德而至,谓之中庸,中庸也者,圣人之目也。具体而微,谓之德行,德行也者,大雅之称也。一至,谓之偏材。偏材,小雅之质也。一征,谓之依似。依似,乱德之类也。……

而《说文》释"贤"谓:

> 贤,多财也。

《段注》曰:

财，各本作才。今正贤本多财之称，引申
　　之凡多皆曰贤，人称贤能，因习其引申之义
　　而废其本义矣。

故"贤"原有"多才"之义。而"才"，不但是当时"才性论"之重点，亦当是《贤媛》记言述行之准据。只是，男女究竟有别，尽管在"人的觉醒"风潮下，魏晋时人对旧有价值信仰多所怀疑、否定与突破，对于"才"的重视也远过于前代，但在此流风中，始终受限于传统社会婚姻观与性别规范的女性，能否完全摆脱过去"妇德观"的牢笼？其见赏于男性社会的风姿神貌究竟如何？以下，便由《贤媛》中的具体实例，探勘依违于传统妇德与个人风神才辩之间的女性风貌。

三、《贤媛》中的女性风貌

如前所述，秦汉以来的"妇德"观要求已婚妇女销抹自我，献身家庭；因个人"自觉"而被凸显并备受重视的"才性",却是自我意识的重要表征。饶有兴味的是,这原本看似对立的两极,却在《贤媛》中以相互激荡、彼此辩证的形式呈现,其关键乃在于:"才"是所以为"贤"的要件,而"妇德"却是"媛"(亦即女性)必须谨守的矩矱。二者并置,则诸多对话,遂自然滋萌。再者,"才性"虽可彰显个人主体,但亦未尝不可为家庭(以及家族)服务。而如此的"才性"表现,是否也可被视为另一种"妇德"?因此,呈现于《贤媛》的个中曲折,乃可由以下两层面分别见之:

1."四德"与风神才辩的对话;

2.个人才性与家庭以及社会政治间的互动辐辏。

前者,可见先秦两汉以来妇德观在个人才性冲激下的新变;后者,则透露出:其新变表象之下,所纠结的种种变与不变。

(一)"四德"与风神才辩的对话

"四德"(四行)既是过去社会中根深柢固的妇女言行规范,《世说新语》在取材上自不能不受其影响。何况,其书以孔门四科为三十六类目之首,其欲根柢于传统的用心，实依稀可辨。尤其，《贤媛》以"贤"论"媛"，明显就是要标榜可称道的、具正面意义的女性言行，据前所述，此一可称道的言行，显然偏于"才"的发显。因此，先秦两汉的妇女四德观与当代所崇尚的风神才辩之间的对话关系，毋宁正是探勘《贤媛》女性风貌时，最值得注意的焦点。

就《女诫》与"郑注"看来，大体上，"德"为一切具正面意义德行的概括性总称；"言"属言语表现；"容"为仪容，"功"则为纺绩酒食之类的"妇职"。以此标准综观《贤媛》，则其三十二则记载，乍看似乎均可纳入"四德"的框架之中，但实际上，新变之处，所在多有。即以"妇德"而言，根据郑玄的说法，"妇德"重在贞顺；班昭的说法，则是在"不必才明绝异"的前提下，更强调"清闲贞静，守节整齐，行己有耻，动静有法"。而西汉刘向所撰的《列女传》中，亦有"贞顺"之目，其篇首之颂赞谓：

> 惟若贞顺，修道正进。避嫌远别，为必可信。终不更二，天下之俊。勤正洁行，精专

谨慎。

尽管两汉礼教标准或有宽严之别，然据上引数据综括言之，只须注重一己之德操无亏，无须逞才竞智，当系为妇者最须自警自惕之道。故此，则下引记载，或可视为"妇德"之说的代表：

郗嘉宾丧，妇兄弟欲迎妹还，终不肯归。曰："生纵不得与郗郎同室，死宁不同穴！"
——《贤媛》二九

王司徒妇，钟氏女，太傅曾孙，亦有俊才女德。钟、郝为娣姒，雅相亲重。钟不以贵陵郝，郝亦不以贱下钟。东海家内，则郝夫人之法。京陵家内，范钟夫人之礼。
——《贤媛》一六

郗嘉宾妇于夫亡后坚不肯随兄弟返归，固为传统贞顺观之体现；而王浑妻钟氏、王湛妻郝氏各有"俊才女德"，其出身纵有贵贱之别，皆无碍于其雅相亲重，各以礼法持家，亦堪称合于传统妇德之要求。但不宜忽视的是：此处在强调二人"女德"之余，同时也提到了她们的"俊才"，而此一对于"才"的看重，在以下两条记载中，尤其清晰可见：

> 许允为晋景王所诛，门生走入告其妇。妇正在机中，神色不变，曰："蚤知尔耳！"门人欲藏其儿；妇曰："无豫诸儿事。"后徙居墓所，景王遣钟会看之；若才流及父，当收。儿以咨母。母曰："汝等虽佳，才具不多，率胸怀与语，便无所忧。不须极哀，会止便止；又可少问朝事。"儿从之。会反以状对，卒免。
>
> ——《贤媛》八

> 王浑妻钟氏生女令淑，武子为妹求简美对而未得。有兵家子，有俊才，欲以妹妻之，乃白母。曰："诚是才者，其地可遗，然要令我见。"武子乃令兵儿与群小杂处，使母帷中察

之。既而，母谓武子曰："如此衣形者，是汝所拟者非邪？"武子曰："是也。"母曰："此才足以拔萃，然地寒，不有长年，不得申其才用。观其形骨，必不寿，不可与婚。"武子从之。兵儿数年果亡。

——《贤媛》一二

曾以过人才辩赢得夫婿敬重的许允妇，在夫婿见诛后，亦因能预知儿之吉凶，告以应对之道，卒以免祸；使"京陵家内，范钟夫人之礼"的钟氏，也因善于识鉴，使女儿不致嫁与不寿之子。因此，这两条记载不仅凸显了为母者的"先见之明"，也标示出女性如何主动地参与并影响了子女的生活，这未尝不是以"才明绝异"，对原本"贞顺"之道的一种反诘。不仅于此，山涛妻韩氏对丈夫与嵇康、阮籍的品论才识（《贤媛》一一）、郗夫人从王家对待二谢与二郗的不同态度，判断二郗在王家人心中的地位高下（《贤媛》二五），以及李重女的预鉴吉凶（《贤媛》一七）等，莫不是以"识鉴"方面的过人才华，为人称道。而庾玉台子妇独闯阎禁，赴宣武处营救夫家一门（《贤媛》二二），则除才识之外，更是勇气的展现，这当然也不是一般"贞顺"观所能牢笼者。

其次看"妇言"。早在《诗经》中，便有对妇人逞能多言的抨击。[①] 刘向《列女传》虽亦有"辩通"之目，但其所看重者，乃是能"连类引譬，以投祸凶。推摧一切，后不复重。终能一心，开意甚公"一类的言辞——换言之，若非能够引经据典，辨析事理，并以理服人，便是所言能有助于公益，一般的逞口舌之利，显然并不被鼓励。至于班昭，主张"不必辩口利辞"，不但不鼓励一切女性之"辩"（无论是徒逞口舌之利，抑是能引经据典，以理服人），更要求"择辞而说，不道恶语，时然后言，不厌于人"。据此，则《贤媛》中关于班婕妤的记载，当是最合于上述要求者：

> 汉成帝幸赵飞燕，飞燕谮班婕妤祝诅，于是考问。辞曰："妾闻死生有命，富贵在天。修善

---

① 如《诗经·大雅·瞻卬》："妇有长舌，维厉之阶。乱非降自天，生自妇人。"

尚不蒙福，为邪欲以何望？若鬼神有知，不受邪佞之诉；若其无知，诉之何益？故不为也。"

——《贤媛》三

婕妤受谗，考问之际，敬谨以对，正是"不道恶语""时然后言"的典型表现。然而，从前引许允妇与夫婿的应对中，女性的"辩口利辞"，已昭然可辨。况且，除许允妇外，《贤媛》中如此伶牙俐齿的女性，原不在少数：

王公渊娶诸葛诞女。入室，言语始交，王谓妇曰："新妇神色卑下，殊不似公休！"妇曰："大丈夫不能仿佛彦云，而令妇人比踪英杰！"

——《贤媛》九

桓车骑不好箸新衣，浴后，妇故送新衣与。车骑大怒，催使持去。妇更持还，传语云："衣不经新，何由而故？"桓公大笑，箸之。

——《贤媛》二四

王凝之谢夫人既往王氏，大薄凝之。既还谢家，意大不悦。太傅慰释之曰："王郎，逸少之子，人材亦不恶，汝何以恨乃尔？"答曰："一门叔父，则有阿大、中郎。群从兄弟，则有封、胡、遏、末。不意天壤之中，乃有王郎！"

——《贤媛》二六

　　诸葛诞女与王公渊的针锋相对，桓冲妇的巧言慧辩，均未曾引论经典；虽非故作"恶语"，但莫不是出于巧智的"辩口"。至于下嫁于王凝之的谢道蕴，于还家后对凝之的鄙薄之辞，则非但已几近乎"恶语"，而且也完全不合于"时然后言，不厌于人"的规范。凡此，亦可见其于"妇言"方面的新变之处。

　　再看"妇容"。从原先"婉娩""不必颜色美丽""盥浣尘秽，服饰鲜洁，沐浴以时，身不垢辱"的诠解看来，过去妇容观的要求重点，乃在于仪容服饰的整洁合度，以及以此而蕴现出的情性柔顺。容貌的美丽与否，并不是关注的重点，且仪容之外的举止风神，似乎更未曾顾及。但在《贤媛》中，我们所看到关乎"妇容"的记载，却都是对超乎整洁合度之外、另具令姿风神之女性的赞叹，试看下例：

> 王汝南少无婚，自求郝普女。司空以其痴，会无婚处，任其意，便许之。既婚，果有令姿淑德。生东海，遂为王氏母仪。或问汝南何以知之？曰："尝见井上取水，举动容止不失常，未尝忤观，以此知之。"
>
> ——《贤媛》一五

郝普女即前引《贤媛》一六与钟夫人雅相亲重的郝夫人。她因"举动容止不失常"，为王湛求娶为妇，尔后果有"令'姿'淑'德'"，可见，此处之"容"，不仅不再只是仪容服饰，而且还呈显出它与内在情性、外在举止间的密切关联。换言之，此时"妇容"所着眼者，显然已由原先外在的"容色""容貌""仪容"，扩及"从容""容与"的"容止"，因而已是由内及外的整体个人风神气韵了。这由济尼对王、顾二家妇之品评，尤可得见：

>谢遏绝重其姊，张玄常称其妹，欲以敌之。有济尼者，并游张、谢二家，人问其优劣，答曰："王夫人神情散朗，故有林下风气。顾家妇清心玉映，自是闺房之秀。"
>
>——《贤媛》三〇

王夫人即前见之谢道蕴，顾家妇名不可考。然"神情散朗""林下风气""清心玉映""闺房之秀"之类的品评，以之入《品藻》《赏誉》之篇，亦无不宜。可见这和当时以风神气韵是尚的人物品赏观，完全如出一

辙。[1] 而如此"妇容",亦自有其撼摄人心的魅力:

> 贾充前妇,是李丰女。丰被诛,离婚徙边。后遇赦得还,充先已取郭配女。武帝特听置左右夫人。李氏别住外,不肯还充舍。郭氏语充:"欲就省李。"充曰:"彼刚介有才气,卿往不如不去。"郭氏于是盛威仪,多将侍婢。既至,入户,李氏起迎,郭不觉脚自屈,因跪再拜。既反,语充;充曰:"语卿道何物?"
>
> ——《贤媛》一三

---

[1] 以譬况方式标示人物个人特质,进而品论其间之差异高下,是《赏誉》《品藻》篇中的习见格式。前者如:
王戎云:"太尉神姿高彻,如瑶林琼树,自然是风尘外物。"(《赏誉》一六)
王公目太尉:"岩岩清峙,壁立千仞。"(《赏誉》三七)
后者如:
桓玄为太尉,大会,朝臣毕集。坐裁竟,问王桢之曰:"我何如卿第七叔?"于时宾客为之咽气。王徐徐答曰:"亡叔是一时之标,公是千载之英。"一坐欢然。(《品藻》八六)
桓玄问刘太常曰:"我何如谢太傅?"刘答曰:"公高,太傅深。"又曰:"何如贤舅子敬?"答曰:"楂、梨、橘、柚,各有其美。"(《品藻》八七)
于此,亦可见济尼对钟、郝二夫人之品评,实与当时人伦品鉴之风,一脉相承。

桓宣武平蜀，以李势妹为妾，甚有宠，常著斋后。主始不知，既闻，与数十婢拔白刃袭之。正值李梳头，发委藉地，肤色玉曜，不为动容。徐曰："国破家亡，无心至此。今日若能见杀，乃是本怀。"主惭而退。

——《贤媛》二一

李充女、李势妹或处于劣势、或陷于危局，然前者不过一个"起迎"的姿态，便使原先"盛威仪，多将侍婢"的郭氏"不觉脚自屈，因跪再拜"；后者从容梳头，自在言语，风神气韵与言语辞令的浑然契合，使原打算"以刃袭之"的南康公主，自惭而退。[①] 其时"妇容"的新貌，至此清晰可见。

至于"妇功"方面，班昭虽先声明"不必工巧过人"，但亦须"专心纺绩，不好戏笑，洁齐酒食，以奉宾客"；郑玄则唯道"丝麻"。在《贤媛》中，以下两条记载或

---

① 据刘孝标注引《妒记》，其所记李势女事亦可与此互参：
（主）乃拔刃往李所，因欲斫之。见李在窗梳头，姿貌端丽，徐徐结发，敛手向主，神色闲正，辞甚凄惋。主于是掷刀前抱之曰："阿子，我见汝亦怜，何况老奴？"遂善之。

可为代表：

　　陶公少有大志，家酷贫，与母湛氏同居。同郡范逵素知名，举孝廉，投侃宿。于时冰雪积日，侃室如悬磬，而逵马仆甚多。侃母湛氏语侃曰："汝但出外留客，吾自为计。"湛头发委地，下为二髲，卖得数斛米，斫诸屋柱，悉割半为薪，锉诸荐以为马草，日夕，遂设精食，从者皆无所乏。逵既叹其才辩，又深愧其厚意。明旦去，侃追送不已，且百里许。逵曰："路已远，君宜还。"侃犹不返。逵曰："卿可去矣！至洛阳，当相为美谈。"侃乃返。逵及洛，遂称之于羊晫、顾荣诸人，大获美誉。

　　　　　　　　　　　——《贤媛》一九

　　周浚作安东时，行猎，值暴雨，过汝南李氏。李氏富足，而男子不在。有女名络秀，闻外有贵人，与一婢于内宰猪羊，作数十人饮食，事事精办，不闻有人声。密觇之，独见一女子，状貌非常，浚因求为妾。父兄不许。络秀曰："门户殄瘁，何惜一女？若连姻贵族，将来或大益。"父兄从之。遂生伯仁兄弟。络秀语伯仁等："我所以屈节为汝家作妾，门户计耳！汝若不与吾家作亲亲者，吾亦不惜余年。"伯仁等悉从命。由此李氏在世，得方幅齿遇。

——《贤媛》一八

在此，陶侃母和李络秀皆以"洁齐酒食，以奉宾客"见赏于人；然陶母所设者，固皆为"精"食；李女亦事事"精"办，若非"工巧过人"，必不足以至此。因此，虽说这两条记载皆可以"妇功"视之，但别出于传统者，亦显然可见。

不过，从另一方面看，陶母与李女之作为，虽皆以其工巧精办，与传统要求者有别，但若追究其"所以"会有此作为，则仍不外乎"家庭"之故——陶母使范逵"愧其厚意"，及洛之后，遂称之于人，使陶侃大获美誉，为母者一番苦心，可谓彰明较着。李女致力于数十人之饮食，并以此委身于周浚，亦无非为"门户计耳"，目的在于使门第原本不如周家的娘家，得以和周家"方幅齿遇"。此一现象，毋宁带出了若干值得思考的问题，那就是：

既然，四德观的着眼点重在将为"妇"者的存在意义定位为附属并服务于家庭，那么，以个人才智为家庭争取福利的作为，是否也可被视为另一种妇德？再者，尽管活动的范围不出于家庭，女性是否也一样可以有超乎家庭利益、社会政治性的才性表现？其个人才性与家庭及社会间的互动情形又是如何？

（二）个人才性与家庭及社会政治间的互动镠镥

如前所述，由于"人文化成"的婚姻观使然，女性的职分和活动空间，一直受到相当的限制。所谓"女正位乎内，男正位乎外，男女正，天地之大义也"（《易·家人·象辞》）、"男不言内，女不言外"、"内言不出，外言不入"（《礼记·内则》）之类的论述，不仅将女性的活动空间范限于家庭，而且也等于杜绝了她们直接参与公众事务和政治活动的可能。

然而暧昧的是，家庭毕竟是一涵括父女、夫妻、母子关系的整体性存在；从一方面说，为人妻母者，总不免在相夫教子的过程中，或多或少地影响丈夫、儿子的思想言行，以及其所涉及的政治活动；另一方面，由父亲、丈夫、儿子所参与、牵连出的社会政治活动，同样也会波及家中的女性。而女性才性的发显，亦由于此一互动缪辖，而具有更复杂的意义。也因此，《贤媛》中"传统妇德与风神才辩的对话"，固然是值得瞩目的焦点，但隐涵于其间的，关乎"个人才性与家庭及社会政治间的互动缪辖"，则为我们了解彼时女性风貌时，提供了另一角度的省思。

以是，当我们再度检视《贤媛》的"四德"，则会发现：其中属"妇德""妇功"之列的各条记载，几乎都是为人妻母者，经由对自己丈夫、儿子的规箴辅佐，透过"家庭"而发挥了她在社会、政治方面的影响力——陶侃母、李络秀固不待言；许允妇告诫儿子率胸怀与景王语，终以免祸；庾玉台妇营救夫家一门等，更是如此。故无论是由"妇德"所展现的"才明绝异"，抑是由"妇功"所呈露的"精巧过人"，女性纵可有其才智作为，但其终极旨归，依然多是为成就男性（或整个家族）的功业而服务。也因此，在看似别出于传统的表象下，其实却是向传统回归的另一形式；女性的个人才性，多半仍受限于男尊女卑的既有观念，不是被封闭于家庭之内，便是多半被导引至与男性功利有关的方向，并不具有完全的自主性格。

不过，若再检视"妇言"与"妇容"方面的记载，情形则大有不同。就"妇言"而论，前引诸例多发生于夫妇之间，针锋相对之际，所争执的焦点，已不仅以日常生活琐事，取代了家国天下等与男性利害攸关的议题，况且，此一"辩口利辞"所以出现，也是因为女性意欲在男性的鄙夷、漠视之下，为自己争取应有的尊重。故而，许允妇、诸葛诞女与夫婿言语交锋的场域虽仍在家庭之内，但在改变夫妻对待关系的同时，却反而凸显了向来湮没不彰的女性主体。

至于"妇容"，由于历来"女色误国"的观念根深柢固，[1]女子的美貌容止，往往让男性又爱又怕，造成

---

[1] 《左传》《国语》《韩非子》等典籍中，均曾就妹喜、褒姒、妲己、晋骊姬、陈夏姬以色媚主，导致王国覆败之事多加挞伐。有关"女祸"的相关探讨，可参见刘咏聪：《中国古代的"女祸"史观》，《女性与历史——中国传统观念新探》，第3—12页。

了一方面心向往之，另一方面，又不得不随时提醒自己注意它带来危险、毁灭的可能性，[①]以致并不能完全客观看待。班昭所以声称女子"不必颜色美丽"，当系因于此。但呈现于《贤媛》中的"妇容"，其意义一则已不再止于容色的美丽，而是涵括了个人风神气韵的整体风貌；再则，它既可以在日常生活中，成为被男性瞩目称赏的焦点（如郝普女、谢遏姐、张玄妹），也可以在因政治力量而陷于危急存亡之际，发挥摄人心魄的效果，成为表彰自我，并且也保全自我的主要力量（如李丰女、李势妹）。至此，以风神是尚的"妇容"，不但颠覆了"红颜祸水"的观念，同时更是彰显女性自我主体的重要关键。

由此，亦可看出：虽然大体上，《贤媛》中的女性由于风神才辩使然，表现出有别于传统"德言容功"的行止；但仔细考察，其中属于"妇德""妇功"的部分，妇女看似发挥了实质影响力，实则其旨归，仍系属于以

[①] 汉李延年的《北方有佳人》歌，正可视为此类心态的展现。有关其间"美"与"毁灭"的吊诡，可参见张淑香：《三面夏娃——汉魏六朝诗中女性美的塑像》，《抒情传统的省思与探索》（台北：大安出版社，1992年），第127—162页。

男性利害是尚的传统观念；倒是"妇言""妇容"部分，较能真正体现出与无关乎男性利害的女性自我。不过，从另一方面说，如此现象，却并不表示"德功"和"言容"的截然二分；因为，许允妇同时兼具妇德与妇言、郝普女同时兼具"妇德"与"妇容"方面的表现，正清楚地揭示出：所谓的"德""功"与"容""言"，所谓的个人与家庭社会，是如何的纠结错综，难解难分；甚至于，在许多状况中，正是由于家庭与社会政治等因素的作用，方才使女性个人才性得以被激发、展显。如此的才智表现，固然成就的多是攸关于男性（以及家庭）的成败利害，但与传统妇德观的扞格，亦使其终究未能被冠以"德"名，从而以"贤"名之。换言之，《世说新语·贤媛》正是在此一综括了传统与当代，以及个人才性与家庭及社会政治的互动辀辄中，呈显其所以为"贤"媛的特殊风貌。

四、《世说新语·贤媛》的时代意义

然则,再换另一角度来看,由于《世说新语·贤媛》原是人伦品鉴风气下的产物,而"品鉴"既为对人之才情气性予以广泛且细密地品赏、鉴别,那么,就"女性"而言,其所着眼者,当然也就并不只于"贤"媛而已。事实上,在《贤媛》之外的各篇中,仍然有不少女性言行被记述收录,因此,若能以之与《贤媛》相对照,当可对《贤媛》中的女性风貌,有更深刻的体认;据此,再和史书中所记的"列女"并比合观,或亦能洞悉该篇在"女性叙写"方面的时代意义。

(一)从别见于《世说新语》其他各篇的女性叙写,看《贤媛》的宣示性意义

《世说新语》三十六篇所收之人物言行各有所侧重之面向,而大体上,各篇之篇名,即为各面向"顾名思义"的依据。在《贤媛》之外,女性言行所以被记述,亦当因其所展现之情质,实另有所偏,以致别出于"贤德"

之目。即以前面曾两度提及的谢道蕴（王凝之妻）和王浑妻（钟夫人）而言，《言语》及《排调》中，即各有关于她们的不同记载：

> 谢太傅寒雪日内集，与儿女讲论文义。俄而雪骤，公欣然曰："白雪纷纷何所似？"兄子胡儿曰："撒盐空中差可拟。"兄女曰："未若柳絮因风起。"公大笑乐。即公大兄无奕女，左将军王凝之妻也。
>
> ——《言语》七一

> 王浑与妇钟氏共坐，见武子从庭过，浑欣然谓妇曰："生儿如此，足慰人意。"妇笑曰："若使新妇得配参军，生儿故可不啻如此！"
>
> ——《排调》八

这两条记载虽皆属巧言慧语的表现，但前者应属道蕴未嫁前与家人谈文道艺，既无关乎"妇"顺与否，又可见捷对之才，故入于《言语》。后者虽为夫妇间的应对,但"若使新妇得配参军"之语,非但有违"贞顺"之道,即使以当时眼光衡量,也不免狎渎轻佻之嫌,其不得系属于"贤"媛之列,亦自良有以也。

由此,也可看出:尽管在以"四德"为标准的检视中,"妇言"乃是颇能超轶传统、体现女性自我的重要面向之一,但这并不表示所有的女性言语,都能得到当时社会的赞赏和肯定。尤其,若是涉及两性间的轻狎言行,《世说新语》虽亦能以包容之心看待并收录之,但却将其纳入《惑溺》之类的"不德"篇目之中。如以下二例:

> 王安丰妇常卿安丰。安丰曰:"妇人卿婿,于礼为不敬,后勿复尔。"妇曰:"亲卿爱卿,是以卿卿;我不卿卿,谁当卿卿?"遂恒听之。
>
> ——《惑溺》六

> 韩寿美姿容,贾充辟以为掾。充每聚会,贾女于青璅中看,见寿,说之。恒怀存想,发于吟咏。后婢往寿家,具述如此,并言女光丽。寿闻之心动,遂请婢潜修音问,及期往宿。寿

跻捷绝人，逾墙而入，家中莫知。自是充觉女盛自拂拭，说畅有异于常。后会诸吏，闻寿有奇香之气，是外国所贡，一箸人，则历月不歇。充计武帝唯赐己及陈骞，余家无此香，疑寿与女通，而垣墙重密，门合急峻，何由得尔？乃托言有盗，令人修墙。使反曰："其余无异。唯东北角有人迹，而墙高，非人所逾。"充乃取女左右婢考问，即以状对。充秘之，以女妻寿。

——《惑溺》五

王戎妻以轻昵言词（"卿"），表露自己对丈夫的深情；贾充女主动遣婢招引韩寿私通，这两则记载可以说都展现出女性在情爱方面的自主意识，而且，也得到相关人士的首肯（王戎"遂恒听之"；贾充以女妻韩寿）。然而，或因为轻狎过当，或由于非礼悖德，皆仅得冠以"惑溺"之名。此一事实，正是从另一角度凸显出：尽管"贤媛"中之女性言行有别出于传统处，也不乏女性主体自我的呈现，但既谓之为"贤"，实有一定之德行准则在焉。

此外，还值得注意的是，由于魏晋素重门第，而《贤媛》中的女性，其所以能体现出异于以往的"自觉"意识，是否与其出身有关？自当是必须考虑的因素。《尤悔》中关于王浑后妻的一则记载，适可成为了解此一问题时的重要参考：

> 王浑后妻，琅邪颜氏女。王时为徐州刺史，交礼拜讫，王将答拜，观者咸曰："王侯州将，新妇州民，恐无由答拜。"王乃止。武子以其父不答拜，不成礼，恐非夫妇，不为之拜，谓为颜妾。颜氏耻之，以其门贵，终不敢离。
>
> ——《尤悔》二

王浑前妻为钟氏女，出身于世家大族之后，[①] 乃能既使"京陵家内，范钟夫人之礼"，又对女儿的婚事具有相当的主导权。然而，当其亡故后，王浑另娶颜氏女，由于仅具"州民"身份，非但婚礼时得不到王浑的答拜，也得不到王浑前妻之子武子的尊重。更令人气结的是，

---

① 《晋书·列女传》谓："王浑妻钟氏，字琰，颍川人，魏太傅繇曾孙也。父徽，黄门郎。"

纵使受到如此屈辱,颜氏女竟"以其门贵,终不敢离",这和前引许允妇、诸葛诞女等出于名门之后的女子在受到夫婿轻视时勇于出言颉抗,相去实何啻天壤!而这,也等于间接地提醒我们:如果不是世族之后,谢道蕴如何能随心所欲地鄙薄凝之?王浑妇又如何能肆无忌惮地调侃其夫?据此,则前述所谓"女性自觉"的呈显,其实未尝不是拜其出身名门之赐,[①]其自我主体与家庭背景间的纠结交错,同样指陈了个人与社会、传统与当代间千丝万缕的牵系。

职是之故,《贤媛》在《世说新语》中具形成篇,其欲彰显女性之"贤"名的正面"宣示"性意义,实昭然较著;而此一宣示背后所纠结的诸般文化传统、政治社会背景,更是不宜忽视。况且,正是由于这样的背景,乃使它在"女性叙写"的书写传统之中,纵有所新变,却也不免因袭。这在与其他相关叙写之作相对照下,更可得见。

[①] 有关两晋世族在政治社会上的地位及影响,可参见何启民:《中古门第论集》(台北:学生书局,1982年);苏绍兴:《两晋南朝的世族》(台北:联经出版公司,1987年);毛汉光:《中国中古社会史论》(台北:联经出版公司,1988年);田余庆:《东晋门阀政治》(北京:北京大学出版社,1989年)等。

（二）从汉魏六朝其他女性叙写，看《贤媛》的传承与创变 [1]

在以男性为中心的文化传统中，女性既属范限于家庭之内的附属性存在，因而，无论是在政教体系之内的经史述著，抑或是一般的小说杂著，其记事立论的重点，遂多落在男性身上，女性并不被重视，专为记其言行而作的专著，更如凤毛麟角。也因此，先秦以迄两汉的史传，往往鲜记女性；即或记之述之，也常并不是因为女性本身，而是因为她们对自己的丈夫或儿子的社会、政治活动有所帮助（或影响）之故。甚至于，也就因为其影响的良窳，被化约为：若非圣母贤妃贞妇，即为祸水孽嬖的平面形象。[2] 即以秦汉以来的史传而论，《史记》除《吕后本纪》外，并无女性专传；《汉书》除《元后传》

---

[1] 作为一部叙事之作，《世说新语》在整个叙事传统之中，自然有所传承，亦有所创变。个中曲折，笔者已另有专文探讨，在此，则仅就"女性叙写"部分言之。其整体观照，请参见梅家玲：《〈世说新语〉的叙事艺术——兼论其对中国叙事传统的传承与创变》。

[2] 敬姜论劳逸、孟母三迁之说，固亦见于史传，但《史记》《汉书》为吕后、元后等后妃立纪为传，多对其持以负面评价；《汉书》《后汉书》《五行志》志记灾异，更多归咎于后妃媚主干政。参见刘咏聪：《女性与历史——中国传统观念新探》。

外,其余后妃,皆附于《外戚传》之中,原因无非是"自古受命帝王及继体守文之君,非内德茂也,盖亦有外戚之助焉"(《汉书·外戚传》),一般女性,则完全无缘侧身其中,其男主女从、重男轻女的观念,不言可喻。至于《后汉书》,才在《皇后纪》之外,另立《列女传》,而其所以以之入史的动机,则在于:

> 《诗》《书》之言女德尚矣。若夫贤妃助国君之政,哲妇隆家人之道,高士弘清淳之风,贞女亮明白之节,则其徽美未殊也,而世典咸漏焉。故自中兴以后,综其成事,述为《列女篇》。……但搜次才行尤高秀者,不必专在一操而已。

据此,则其《列女传》之作,乃在彰显"徽美",表扬"高秀"。再配合刘向《列女传》取"贤妃贞妇兴国显家可法则,及孽嬖乱亡者","以戒天子"的撰写目的看来,自秦汉以来的叙事专著,若非完全漠视女性,便是将其(如男性一般)纳入政教机制之中,借以褒贬善恶，至于其个人情质特色，则并不在记述之列。

再者，即使是非正史的刘向《列女传》，在其所记之各类女性中，母仪、贞顺、节义、孽嬖诸类，固然是针对与男性之利害关系立言，其他贤明、仁智、辩通诸类，表面上为女性自具之德，然就传中实例以观，亦不出与男性利害关系的范围。①

然而，前述情况，在与《世说新语·贤媛》的叙事的对照下，却使我们看到了诸多颇饶兴味的变与不变。

如前所述：《世说新语》所以成书，实与当时人伦品鉴风气的转变密切相关。由于儒学礼教随汉末大乱而崩解，原本被压抑、抹消于种种政教、文化机制之中的个人情性，亦缘此游离而出，以至成就、展演出诸多适情任性的生命姿态；这一切，不唯取代了原先以政教目的是尚的人伦观，成为当时的品鉴重点，同时也是《世说新语》记言叙事的取材对象。

缘此，其分类品人，并撷取个人生活片断予以特写式描写的叙事方式，原就不同于着眼于传主一生行谊的史

---

① 参见马森：《中国文化的女性地位：〈列女传〉的意义》。

传式叙事。不过，正因为该书分类品人初不出孔门四科之遗，类目划分之中，气性清浊、才性高下，本有不同定位；而在"贤"与"不贤"之间的区判，亦自有其一定之准则。是以，划立《贤媛》之目的同时，其他不尽合于"贤"之一目的女性言行，自然也不会忽略。而此一"贤"与"非贤"间的对照，一则固为人伦品鉴观的具体映现；再则，以"贤"为尚的宣示性意义，亦以此凸显。就此而论，它与传统史传在纪史之中，对人物予以抑扬褒贬的作法，当有其相承相通之处。再者，以线性式的语言结构来铺展各色生命形相，本来也就是史传叙事架构的遗绪。[①] 凡此，皆可见其承袭自传统史传之处。

然而，正因为整个《世说新语》的叙事取向已由"征实"而转趋"赏心"[②]，其侧重于美感赏鉴的叙事意趣，乃落实于就个人情性、音容笑貌的着意描绘。因而，不

---

① 见梅家玲：《〈世说新语〉的叙事艺术——兼论其对中国叙事传统的传承与创变》。
② 鲁迅《中国小说史略》中论及《世说新语》一书时，曾指出："记人间事者已甚古，列御寇韩非皆有录载，唯其所以录载者，列在用以喻道，韩在储以论政。若为赏心而作，则实萌芽于魏而盛大于晋，虽不免追随俗尚，或供揣摩，然要为远实用而近娱乐矣。"见鲁迅：《中国小说史略》（北京：人民文学出版社，1973年），第45页。

仅是叙事传统中向来被漠视的女性，亦得以此展露真性真情，即或是具有正面宣示意味的"贤"媛，也可别出于刻板的圣母贤妻贞妇之外，而有了另外的多重面目——不论是"井上取水，举动容止不失常"的郝普女、"发委藉地，肤色玉曜，不为动容"的李势妹，抑是伶牙俐齿、巧言慧辩的许允妇、诸葛诞女、谢道蕴等，无不以生动的神情意态，活现于千古之后。就"女性叙写"的传统以观，这，不正是最可贵的突破吗？就此看来，《贤媛》能在传统之中展显当代时风，在当代之中再演传统遗绪，自当具有一定的时代意义。

五、结语

先秦两汉的妇德观规范了女性的地位、职分和活动空间，魏晋以来着重才性的人伦品鉴观，则在解放政教桎梏的同时，随而"发现"了存在于女性身上的风神才辩之美。而"妇德"与"才性"的对话，以及个人与家庭社会的纠结互动，正所以构成了《贤媛》的整体风貌。

经由以上的论析，乃可看出：《贤媛》所以会以"贤"名篇，实因其在着眼于"妇德"之余，同时也兼具"才性"考虑之故。因而，其"德""才"之间，不仅不再是龃龉对立的两极，甚且还具有相互依存、彼此对话的密切关联。唯能清晰掌握其间的错综缪轕，方得以深切、整全地了解其中的女性风貌，以及该篇在"女性叙写"方面的种种变与不变。其间，传统与当代，个人才性与家庭社会、世族门第间的多重对话，亦在提示我们：所谓的妇女与两性问题，是如何不能自外于整体的大环境。《贤媛》虽只是《世说新语》一书中的一小部分，但见微知著，其所内蕴的复杂性，适可为我们在开展妇女与两性问题的相关研究时，提供相应的参考。

六朝志怪『人鬼姻缘』故事中的两性关系

——以『性别』问题为中心的考察

一、前言

在中国小说史上,"六朝志怪"无疑是一相当值得重视的体类。固然,在前人观念中,"小说"不过是"街谈巷说""残丛小语",[①]其撰录之际,亦多不用心于形式技巧的讲求。因此,若以现今小说美学的标准来衡量,泰半作品都只是"粗陈梗概",艺术价值不高;而"六朝志怪"又因内容"皆张皇鬼神,称道灵异",[②]以致见嗤于君子。[③]然而,正由于它多采"街谈巷说"的性质,

---

[①] 《汉书·艺文志》谓:"小说者,街谈巷语之说也。"桓谭《新论》则谓:"小说家合残丛小语,近取譬喻,以作短书。"

[②] 语见鲁迅:《中国小说史略》第五篇《六朝之鬼神志怪书(上)》,第29页。

[③] 刘知几《史通·采撰篇》云:"晋世杂书,谅非一族,若《语林》《世说》《幽明录》《搜神记》之徒,其所载或诙谐小辨,或神鬼怪物。其事非圣,扬雄所不观;其言乱神,宣尼所不语。……虽取悦于小人,终见嗤于君子矣。"(台北:华世出版社,1981年),第138—139页。

乃使许多流传于当代的传闻轶事得以保存，不仅可使吾人了解其时传说的诸般面目，亦可借此管窥其与时代、社会、文化背景的多元互动关系；再者，若由心理分析学说角度观之，鬼神灵异之谈的背后，其实常隐含了诸多意识与潜意识、理性与非理性的纠结，若能就其深入探究，亦得以对时人的生命情识，有更深切的体认。故而，近年来不仅台湾学界研究者甚众，同时也受到国际汉学界相当的重视。[1] 不过，既有之研究成果虽堪称丰硕，但对其间纷繁多样的两性关系，却未见有专文论及。[2] 缘此，本文乃试图就"人鬼姻缘故事中的两性关系"之

---

[1] 如王国良先生即曾就六朝志怪发表多篇专论；而由杨力宇、李培德、茅国权所合编之《中国古典小说》文献目录之部，亦可见欧美学者致力于六朝志怪研究情形之一斑。日本学者如竹田晃、小南一郎，亦曾就《搜神记》的相关问题，多所论述。另外，联经公司出版的《中国古典小说研究专集》（二）曾收录王国良所辑之《中国古典小说研究书目——六朝小说》，其中关于"志怪"部分，即有数十种之伙，数量远多于"志人"小说。

[2] 前述各研究或着重于志怪专书的各别讨论（如《搜神记》《拾遗记》《搜神后记》《幽明录》等）；或侧重于整体之通论（如王国良《六朝志怪小说简论》、吴宏一《六朝鬼神怪异小说与时代背景的关系》、赖芳伶《试论六朝志怪的几个主题》），间亦有就某一特殊主题论述者（如吴达芸《汉魏六朝小说中的爱情格局》、蔡雅薰《六朝志怪妖故事研究》），另外，王国良的《六朝志怪小说中的幽冥姻缘》、洪顺隆的《六朝异类恋爱小说刍论》、颜慧琪的《六朝志怪小说异类姻缘故事研究》等论著，虽亦着眼于异类男女之爱恋情事，但于两性关系的剖析，则似阙如。

论题，予以探析。

所谓"两性关系"，最简单的说法，即为男、女间的遇合、对待关系；而"人鬼姻缘"，则谓发生于人、鬼之间的恋爱、婚姻和性关系。[①] 由于人鬼殊途，男女有别，由此衍生出的两性互动，便不仅同时蕴融着种种二元对立质素的映照和冲撞，亦且因"性""性别""阶级""情欲"等问题的错综纠缠，益增其复杂面向。此外，若再加入心理分析的论点，则更大有可资探索的空间。然而，检索既有的相关研究，我们发现：此一原本内蕴繁复的两性关系，似并未得到充分、完整地呈现。大体上，这些既有成果可归纳为以下几个方向：

1. 以志怪文本为主要分析对象，或介绍说明人鬼姻缘的情节，或整理归纳人鬼遇合的类型模式，进而申言其与当时之宗教思想、社会民心间的关系。[②]

2. 在前述基础上再增益简单的心理分析观点，以为"现实生活中无由实现的愿望在虚构和幻想的情境中获

---

① 说参颜慧琪：《六朝志怪小说异类姻缘故事研究》（台北：文津出版社，1994年），第27页。
② 如王国良的《六朝志怪小说中的幽冥姻缘》、洪顺隆的《六朝异类恋爱小说刍论》、颜慧琪的《六朝志怪小说异类姻缘故事研究》等。

得了实现",而志怪,正是"中国人在创作领域找到的表现性爱的最佳形式"。①

3. 从性别研究观点着眼,以为异类姻缘中的女性多以鬼、妖形态出现,所表现的,正是男权社会对女性的"物化";并以之作为"女性只是男性的欲望对象"之命题的论证。②

其中,第一种论述占既有研究成果中的多数,也是所有研究的起点和基础,自有一定贡献;后二者则分别为志怪小说的研探提供新视野,亦有独具只眼处;只是,由于其论述或理论性不足,或观照面有限,仍不免失之浮泛。而本文,即试图在这些既有的研究基础之上,一方面参考心理分析和性别研究的相关论述,以深化既有的基础研究;另一方面,也借由对志怪文本的整理分析和相关背景的了解,以鉴照泛用心理分析与性别论述观照志怪文本时的洞见及其不足之处。由于,"性别"不

---

① 见俞汝捷:《幻想和寄托的国度——志怪传奇新论》(台北:淑馨出版社,1991年)。另外,叶庆炳《谈小说妖》之"后记"、李丰楙《六朝精怪传说与道教法术思想》皆有此说。
② 如孟悦、戴锦华即由此着眼。说见《浮出历史地表》一书之"绪论"(一、两千年,女性作为历史的盲点)(台北:时报文化,1993年),第18页。

唯是两性关系所以建立的基本要素，也是其他相关论题的辐辏点。因此，文中除确切掌握人鬼姻缘的基本型态外，将先由文本对二元对立和性别观念的初步建构与融解谈起，进而探勘"生理性别""社会性别"与"阶级""情欲"间的多元互动与纠结；最后，则试图探讨：以心理分析和性别论述观照志怪文本时，展现了何种"洞见"？何种"不见"？以"志怪"形式呈现的"话语形构"，将具有什么样的欲望隐喻？具现于其中的"两性关系"，是否被借喻了社会传统性别论述中的不平等权力关系？这些论题，将循由以下三部分予以进行：

1. 二元对立和性别观念的初步建构与融解；

2. 生理性别、社会性别、阶级、情欲的多元互动与纠结；

3. 以心理分析与性别论述观照人鬼姻缘之两性关系时的洞见与不见——兼论话语形构、欲望隐喻与权力架构间的辩证与吊诡。

二、二元对立和性别观念的初步建构与融解

基本上,"性别"实涵括"生理性别"(sex)与"社会性别"(gender)二者,它们是紧密缠结,却不尽相同的两组概念。简言之,前者指涉生物性、器官性的男女分野;后者,则是社会文化的分工,是由历史性、文化性、集体性因素所组构成的社会预期、社会规范。就"人鬼姻缘"来看,它乃是发生于人、鬼二者间的男女情事,而人鬼之所以殊途,又缘于"众生必死,死必归土,此之为鬼"(《礼记·祭义》)。因此,如果我们认为:生者存活的现实世界才是唯一的真实,那么,横亘于人鬼之间的,除却活动场域的"阳""阴"之别外,更因"生""死"间的歧异,牵引出"真""幻""实""虚"等不同面向的分别和对立;它们不但彼此相互对应,并且还隐含着高下的序阶区分——换言之,生者为人、为阳、为真实;死者为鬼、为阴、为虚幻,而前者地位又明显高于后者。在此,若再把传统性别论述中,将男、女对应于阳、阴的观念融入,则乍看之下,"六朝志怪"

中的人鬼姻缘，实在是充溢着这种素朴的二元对立思想和性别观念的投映；但仔细考察，却又不免发现潜藏于其间的消融与解构。为求深入论析，在此将先就人鬼姻缘的呈现样态，略作说明。

基本上，人鬼姻缘的型态有两种，一种是鬼通过现形或托梦等方式与人类相识相恋；一种是情人或夫妻之一方因某种缘故辞世后，以鬼魂形态返回人间，再续前缘。前者本为人鬼殊域，故可谓"正统的人鬼姻缘"；后者原是人间夫妻、情侣，故称之为"在世姻缘的延伸"。[①]在这样的类分基础上，我们发现：就前者言，主要的遇合方式有二：其一，是男人偶入冢墓，与女鬼春宵一度即行分手，这是典型的"露水姻缘"；其多数固属好聚好散，徒留无从诘究之怅惘与失落，但亦偶有以此罹殃者。[②] 其二，是女鬼主动或托梦，或延请入墓，或直接登堂入室以求与男人结为夫妇，偶或有借以还阳者。[③]

---

① 见《六朝志怪小说异类姻缘故事研究》，第86页。
② 如《甄异传》的《秦树》，《搜神后记》的《阿香》《张姑子》等，皆属好聚好散类。而《搜神记》中《郑奇》的结局，却是男人遇鬼后腹痛身亡；《钟繇》则是女鬼遭到钟繇的斫杀。
③ 如《搜神记》的《谈生妇》《驸马都尉》，《搜神后记》的《徐元方女》《李仲文女》等，皆属此类。

而无论还阳成功与否（或女方并无还阳意愿，如《搜神记》之《驸马都尉》），身为名门权贵之后的女鬼，都不约而同地留赠财物与男方，以助其日后富贵显达。这一类，或可名之为"夫以妻贵"。

"在世姻缘的延伸"方面，则又以夫妇之间的"魂魅纠缠""返家遂愿"和未婚情人间的"死后还魂"为大宗。其中，"魂魅"所以会"纠缠"，多因嫉其配偶再婚，乃以魂魅之身返家，以便报复、监控；① 而亡魂所以要返家遂愿，则或因死者贪恋生时，故至家与配偶"每夕来寝，如生时"；或因心系家人，为传宗接代、改善生活等原因而了结心愿。② 至于未婚情人间的"还魂"，则又可因还魂之后是否再世为人，分为二系。其中，情人生时因故未能结合，逮一方身亡后，在恋人深情厚爱的感召下，重返人世，再缔良缘的情事固然不少；③ 但《搜神记》中的《紫玉》在还魂以尽夫妇之礼后便湮

---

① 如《甄异传》之《司马义》，《异苑》之《袁乞妇》，《幽明录》之《吕顺妇》，《洛阳伽蓝记》之《韦英》等。
② 如《述异记》之《周义》，《异苑》之《苟泽》，《幽明录》之《胡馥之妻》，《集灵记》之《王讲》等。
③ 如《搜神记》之《王道平》《河间女》，《幽明录》之《卖胡粉女》等。

然而逝,《述异记》中的《庾邈》《崔基》在与情人话别后亦不再复返的记述,同样也为人所乐道。其类分情形,或可以下表简示:

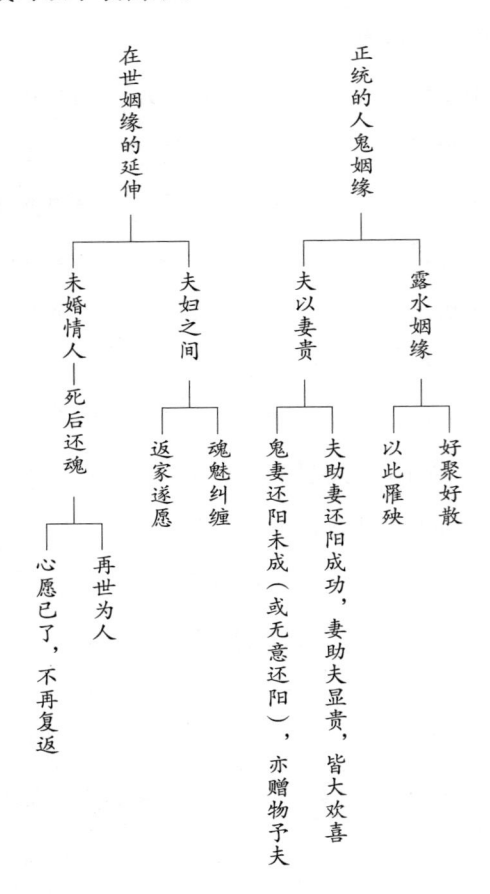

```
正统的人鬼姻缘
├── 夫以妻贵
│   ├── 鬼妻还阳未成(或无意还阳),亦赠物予夫
│   └── 夫助妻还阳成功,妻助夫显贵,皆大欢喜
└── 露水姻缘
    ├── 以此膺殃
    └── 好聚好散

在世姻缘的延伸
├── 夫妇之间
│   ├── 魂魅纠缠
│   └── 返家遂愿
└── 未婚情人——死后还魂
    ├── 再世为人
    └── 心愿已了,不再复返
```

136

在这样的初步了解之后，我们检视其中的"两性关系"，便会发现若干耐人寻味的现象：首先，就人、鬼的性别分布看来，不论是正统的人鬼姻缘，抑是在世姻缘的延伸，其中的"鬼"，绝大多数都是女性。尤其是"正统的人鬼姻缘"，十八则故事中，女鬼即占了十五则；而十七则"在世姻缘的延伸"故事，女鬼也有十则之多。[①]

其次，在"正统的人鬼姻缘"之中，"女鬼"若欲与"男人"共结连理、天长地久，势必"还阳"，而还阳的唯一之途，乃是与男子"寝息"。如《搜神记》的《谈生妇》，《搜神后记》的《徐元方女》《李仲文女》，莫不是夜来相就，自荐枕席于前，始得白骨生肉，恢复颜色气力于后。其间虽有成败之异，但女子欲跨越阴阳界域，必须借由与男性媾合的意识，却呈现得非常清楚。

再者，无论还阳成功与否，夜来相就的女鬼几乎都是名门之后，也因此，对男人（丈夫）来说，鬼妻还阳

---

① 据颜慧琪前揭书《正统的人鬼姻缘故事情节分析表》，第93—94页，其所列故事凡十六则，但《搜神记》卷一六之《郑奇》、《志怪录》中的《长孙绍祖》，同样也是"男人—女鬼"的配对模式，加上此二则，则总数当为十八则；又，《在世姻缘的延伸故事情节分析表》，见第101—102页。

成功，固然人财两得，皆大欢喜；即或失败，也会因鬼妻临去时的赠物，而与妻子的娘家相认，并据此富贵显达。

此外，"在世姻缘的延伸"中，其原为夫妇而嫉其配偶再婚，遂以"魂魅纠缠"态势前来报复者，男、女均有，看来差别不大。但在"返家遂愿"一型中，其为丈夫者返家，固然有照顾妻小之意，但另一重心，乃在贪恋与妻子间的鱼水之欢（如《周义》"每夕来寝"、《荀泽》甚至使妻受孕，"生产，悉是水"）；但为妻子者则不然，如《录异传》之《刘照妇》，其死后托梦并赠以萎蕤锁，固然是心系家人；《幽明录》的《灵产》，则根本就只是为了要替丈夫留下子嗣，以传宗接代。因此，产子之后，便不复再现。由此，亦可见男（夫）、女（妻）间的歧异处。

至于未婚情人的死后还魂，则除《卖胡粉女》是男子在所爱之女子之召唤下死而复生，为唯一之例外，其余无论复生与否，全属"男生—女死"之配对模式。

如此现象的出现，应非偶然。因为，"男主女从""男外女内""阳尊阴卑"等论述，本就早已在传统文化中根深柢固；①而女性，遂亦在此一论述中，被习以为常地视为仅具从属身份、生产功能的"物化"对象。②再配合简单的二元对立和性别观念，则前面所抽绎出的现象，似乎可以很自然地用以下几个简单的逻辑予以掌握：

1. 由于阳尊阴卑、男主女从，在人文世界中，唯男人具有合理的存在身份，所以，不仅"男人—女鬼"的配对居正统人鬼姻缘的绝对多数，即或是未婚情人的死后还魂，其死而复生者也几乎都是女子。

2. 由于"阳始出，物亦始出……物随阳而出入，数随阳而终始"，所以女鬼还阳必依恃男子，以及未嫁女子在所爱男子的深情召唤下，乃得以还魂的情事，亦属

---

① 如《礼记·内则》："男不言内，女不言外。……内言不出，外言不入。……男子居外，女子居内，深宫固门，阍寺守之，男不入，女不出。"《仪礼·丧服》："妇人有三从之义，无专用之道。故未嫁从父，既嫁从夫，夫死从子。故父者，子之天也，夫者，妻之天也。"皆从礼制伦常方面对男女职分、活动场域予以规定；而董仲舒，则由形而上学方面，建立"阳尊阴卑"之论据，试看其《春秋繁露·阳尊阴卑》："见天数之所始，则知贵贱逆顺所在。知贵贱逆顺所在，则知天地之情著，圣人之宝出矣。……阳始出，物亦始出；阳方盛，物亦方盛；阳初衰，物亦初衰。物随阳而出入，数随阳而终始。三王之正，随阳而更起。以此见之，贵阳而贱阴也。……丈夫虽贱皆为阳，妇人虽贵皆为阴。"

② 有关女性在传统性别论述中被物化的情形，可参见孟悦、戴锦华：《浮出历史地表》一书之"绪论"（一、两千年，女性作为历史的盲点），第1—26页。

顺理成章。

3.女性既被异化为"物",自然不具任何"欲望权",其存在的意义完全在于襄助丈夫、延续宗族。因此,尽管鬼妻还阳未成,但在形魄俱灭前,仍不忘留下信物、重金(包括子嗣)给予人夫,以助其显贵;胡馥之的妻子还魂目的仅为产子,显然都是此一观念的投映。

这样的掌握方式固然简单明了,却不免简化了人鬼姻缘中所内蕴的复杂性,以及在表面可见的传统性别观念与二元对立之说中所潜藏的多重矛盾和暧昧。首先的问题是:鬼既是人死后所化,但它却可经由某些特殊方式(如还魂、还阳等)再返人世,如此,则人与鬼、生与死、阳与阴之间,岂不就并无绝对的分别与对立可言?

其次,尽管在性别的分布上,"男人—女鬼"是绝大多数故事的共同配对模式,但无可否认的,其中仍然有若干男鬼的存在。而"女人—男鬼"的配对,在搅乱、抵触了原本阶序分明的性别配置之余,它又有什么样的意义?追根究底,又是什么样的因素,造成了上述的矛盾和错乱?

显然,其间所潜藏的问题,仍大有可探索的空间;

而"生理性别""社会性别""阶级"和"情欲"间的纠结互动，应是其荦荦大者。

三、生理性别、社会性别、阶级、情欲的多元互动与纠结

如前所述，"生理性别"区判的是男女生理差异，"社会性别"区判的是社会角色的分工不同；但"阶级"，则标识着各种社会身份（包括人／鬼）间的高下等次。性别区判原无关等次，阶级分别亦旨不在男女。但人鬼姻缘中的两性，一方面因彼此生理上的男女特质和社会家庭分工，具有"生理性别"和"社会性别"上的对照关系；另一方面，两性各自的出身背景、社会地位和人鬼之别，又隐然形成"阶级"上的另一重对照。不仅乎此，若论其"姻缘"关系的发生，当不能不归诸各种不同层面的"情欲"作用。而这数者间的纠结互动，正所以成就了其间的复杂暧昧。个中微妙，或可由正统人鬼姻缘中，"男鬼—女人"配对模式中的两性互动谈起。

十八则正统的人鬼姻缘中,"男鬼"仅占三则,比例虽然不到全数的两成,但值得注意的是,在这三则中,女性虽为"人",但身份却全是"婢女";而她们都并非主动招引男鬼,而是被动地为男鬼所玩弄、魅惑。试看《异苑》中的《王奉先婢》:

> 有贵人亡后,永兴令王奉先梦,与之相对如平生。奉先问:"还有情色乎?"答云,某日至其家问婢。后觉,问其婢,云:"此日魇,梦郎君来。"

在此,奉先家的婢女可说是在完全不知情的状况下,成为"鬼贵人"的泄欲对象。而同书的《黄父鬼》和《幽明录》中的《郭长生》,所载情事亦大同小异,都是为"婢"的"女人",被动地成为"男鬼"的情欲对象,男鬼并不依恃女人还阳,更不曾赠物予女,以助其改善生活现况,只是贪图由此而来的情色享受。而"女人"呢?我们并未看出她对"男鬼"有任何一往情深的表示,只是似乎身不由己地甘于成为男鬼的玩物。由此看来,原本兼括"主／奴"、"人／鬼"的"阶级"论述，似乎遭到了"性别"论述的分化和颠覆——换言之，虽然为"人"的一方是女性，但因其身份是婢女，所以非但未能在人／鬼的位阶区分中取得应有优势，反遭到由主／奴、"性别"（男／女、阳性／阴性）论述的连手贬抑，而主宰其事的动因，则是男性的"情欲"。

可是，若我们再度回顾"女鬼还阳"一类型的叙事，则又会发现：强调主／奴关系、门第出身的阶级论述，以及前述男性的情欲问题，却又似乎在此类叙事中并未发挥作用。女性纵为名门之后，却只能以"鬼"的形态潜藏人间，并依恃与平凡男子的"寝息"而还阳，这显然在突显"男尊女卑"的性别论述的同时，一方面强化了人／鬼的位阶高下，另一方面，却完全忽略了现实世界中的门第差异。而女鬼意欲还阳的"实用"心态，也似乎超越了彼此间所应该具有的情欲想望。

这些现象，若再与"在世姻缘的延伸"中若干叙事相对照，则"生理性别""社会性别""情欲"间的互动，便益显错综复杂。若就传统"性别"观念看来，"女鬼还阳"情事所反映之意义，似与原为夫妇者的"返家遂愿"

有其相通处——女性被物化、不具"欲望权",其存在意义全在襄助丈夫,生子传宗。因而,返家遂愿,只是纯粹地关爱家人与尽生产义务;男性是一家之主,拥有情欲的专利权,是以亡故后返家,除照顾妻小外,尚可延续生时的情欲享受,"每夕来寝"。然而,夫妇间的"魂魅纠缠",却又别出于此一传统的性别论述,呈露出另类面目。

夫妇间的"魂魅纠缠",以《甄异传》之《司马义》、《洛阳伽蓝记》之《韦英》、《异苑》之《袁乞妇》、《幽明录》之《吕顺妇》为最显著。前二者为夫对妻之监控纠缠,后二者则为妻对夫之报复。其原因,全都在于嫉其配偶再婚。即以《司马义》为例,其本事谓义有爱妾碧玉,善弦歌,后义病笃,谓碧玉曰:"吾死,汝不得别嫁,当杀汝。"玉允诺。然义既葬,碧玉即欲另嫁别家。其当去之际:

> 见义乘马入门,引弓射之,正中其喉,喉便痛亟,姿态失常,奄忽便绝,十余日乃苏。不能语,四肢如被挝殒。周岁始能言,犹不分明。

碧玉色不甚美，本以声见取，既被患，遂不得嫁。

而《异苑》之《袁乞妇》则谓：

> 吴兴袁乞妻临终，执乞手云："我死，君再婚否？"乞曰："不忍也。"既而服竟，更娶。乞白日见其死妇语之云："君先结誓，云何负言？"因以刀割其阳道，虽不致死，人性永废。

司马义毁损了碧玉的歌喉，袁乞妇割损了袁乞的阳具，二人皆以此不得另行嫁娶，"虽生犹死"；其所显示者，无非是亡者因情生妒、因爱生恨的情欲变态表现。在此，男性固然表现出对其在世配偶的强烈占有欲，女性同样不容许配偶的再婚——换言之，发自人内心深处的"情欲"，乃是一超越"生理性别""社会性别""阶级"的原始力量，在它的作用下，一切人文世界中的后设论述都将俯首称臣。

同样的，未婚情人间的"还魂"情节，亦可作如是观。而《搜神记》中的《河间女》和《幽明录》中的《卖

145

胡粉女》,堪称是最具代表性的对照组。今试看《河间女》条的记载:

> 晋惠帝世,河间郡有男女私悦,许相配适。寻而男从军,积年不归。女家更欲适之,女不愿行,父母逼之,不得已而去,寻病死。其男戍还,问女所在,其家具说之。乃至冢,欲哭之尽哀,而不胜其情,遂发冢,开棺,女即苏活,因负还家,将养数日,平复如初。后夫闻,乃往求之。其人不还,曰:"卿妇已死,天下岂闻死人可复活耶?此天赐我,非卿妇也。"于是相讼,郡县不能决,以谳廷尉,秘书郎王导奏:"以精诚之至,感于天地,故死而更生。此非常事,不得以常礼断之。请还开冢者。"朝廷从其议。

《卖胡粉女》的情节亦与此相类,不同处,是男主角为一"宠恣过常"的富家子,女主角则为一卖胡粉的女子。富家子因心仪卖粉女,百般追求后,终于相约以夕。

但就在女子出现之际，男子却因"不胜悦"，"欢踊遂死"。其后男家以女杀子而诉官：

> 女曰："妾岂复怯死？乞一临尸尽哀。"县令许焉。径往，抚之恸哭，曰："不幸致此，若魂而灵，复何恨哉？"男豁然更生，具说情状。遂为夫妇，子孙繁茂。

这两条记载的共同处，即在于强调男女之间的真情感应，实具有超越生死、礼法和世俗身份地位的至高力量。尤其是《卖胡粉女》中富家子和卖胡粉女子间的情恋，虽然原本存在着阶级地位（男富女贫、男尊女卑）上的歧异，但男子既因终获所爱女子的青睐而"欢踊遂死"，又在其"临尸尽哀"之际"豁然更生"，其以生以死的内在趋力，全系于对一身份卑微的卖粉女子的真情，此一叙事，正是以完全出于人性人情的方式，呈显出可贵的生命真相。

然而，就在我们即将肯定"情欲"是贯串于人鬼、凌驾于性别、阶级的至高力量之际，"露水姻缘"中的若干叙事,却又传达出完全相反的讯息。

前已述及,"露水姻缘"的特点是男女主角于短暂遇合后即行分手。尽管邂逅之初情深意浓,分袂时亦不胜依依,但终究不复再见之期。其关键,岂不正是人鬼殊途、阳阴有别?情欲和人与鬼阶级区判间的颉颃交锋,在《钟繇》一篇中,显现得尤其清楚:

> 颍川钟繇,字元常,尝数月不朝会,意性异常。或问其故,云:"常有好妇来,美丽非凡。"问者曰:"必是鬼物,可杀之。"妇人后往,不即前,止户外。繇问:"何以?"曰:"公有相杀意。"繇曰:"无此。"勤勤呼之,乃入。繇意恨,有不忍之,然犹斫之,伤髀。妇人即出,以新绵拭,血竟路。明日,使人寻迹,至一大冢,木中有好妇人,形体如生人。着白练衫,丹绣裲裆。伤左髀,以裲裆中绵拭血。

钟繇原本迷恋女鬼,"数月不朝会",但在遭到"必是鬼物"的警告后,即使"意恨,有不忍之",仍"犹斫之",

所呈示者，正是个人依违挣扎于情欲与人鬼之辨间，却终究臣服于人鬼之防的历程；而女鬼原本警觉到钟繇"有相杀意"，"不即前"，仍因其"勤勤呼之"，以致入室见斫，不也是因情欲作用，才反遭杀身之祸的吗？

据此，亦得以看出：具现于人鬼姻缘中的两性互动，既非简单、僵化的二元论和性别规范所能牢笼，也不是个别的阶级、情欲论述所能尽括；生理性别、社会性别、阶级、情欲之间，时而相互联盟，时而颉颃交锋；似乎，也正由于这些元素的多重排列组合，及彼此不同方式的纠结互动，方得为人鬼姻缘中的两性关系回旋、推陈出极其繁复的多元风貌。

然而，若就心理分析观点看来，如此繁复多元的风貌，充其量仍不过是外现的"表层结构"而已；事实上，它是经过了一连串"凝缩"和"置换"过程后的产物，其所内蕴者，则不外乎潜意识中种种欲望的转化投射，[①]而这些欲望，又因为语言的转介、建构，无可避免地与"权

[①] 有关心理分析的论点，参阅〔奥〕弗洛伊德：《梦的解析》（台北：志文出版社，1972年）；杜声锋：《拉康结构主义精神分析学》（台北：远流出版公司，1988年）；梁浓刚：《回归弗洛伊德——拉康的精神分析学》（台北：远流出版公司，1989年）。

力架构"多所关联。① 究竟，其间的辚辕如何？对于两性关系的探析，又可以有何种启发？以下，便就此予以探讨。

四、以心理分析与性别论述观照人鬼姻缘之两性关系时的洞见与不见——兼论话语形构、欲望隐喻与权力架构间的辩证与吊诡

基本上，作为一种文类，"志怪"的勃兴既有其特定的时代社会背景，② 则映现于其中的"两性关系"，

---

① 泰瑞·伊果顿（Terry Eagleton）曾指出：言说是权力与欲望的形构；各种言说、符号系统都和"现存权力体制的维持和转化有密切关联"。说见氏著，吴新发译：《文学理论导读》（台北：书林出版社，1994年）。又，言说与权力的关系，亦参见〔法〕米歇尔·福柯（Michel Foucault）著，王德威译：《知识的考掘》（台北：麦田出版公司，1993年）、〔英〕戴安娜·麦克唐纳（Diane Macdonell）著，陈璋津译：《言说的理论》（台北：远流出版公司，1990年）。
② 有关六朝志怪与其时代背景的关系，可参阅鲁迅：《中国小说史略》第五、六篇：《六朝之鬼神志怪书（上）》《六朝之鬼神志怪书（下）》；吴宏一：《六朝鬼神怪异小说与时代背景的关系》，收入《中国古典小说研究丛刊——小说之部》（台北：巨流出版公司，1977年），第55—89页。

亦不能自外于此。尤其，"街谈巷说""残丛小语"的形式，更清楚地表明：这是一出于口耳相传的集体创作，它所反映的，其实是诸多共同的信念和想望。虽然，纂录者的身份各异，辑撰的目的不同，①故分别观之，各书在材料的取舍上难免各有所偏；但所述之情事，既得以一"话语"的书写形式出现，则首先，必得经一具有发言身份或有权运作语言文字的人（通常是知识分子），将其写定；然而一方面，知识分子在营塑"话语形构"（discursive formation）之际，必无可避免地受到既有的社会权力体系（如宗教思想、礼制伦常、政治现实等）的制约，另一方面，当其写定之后，不但也建立了发话者（作者及其所受到制约的种种权力体系）和听众（一般社会成员）间的关系，并且在其传递讯息的过程中，暗含了权力的施加和承受的意义。②

---

① 六朝志怪的辑录者，其身份约有一般文士、佛教徒、道教徒等不同类别。属佛、道教徒者，其撰录自不免于佛道思想的宣扬，"自神其教"，而一般文士，则又多因曾具有"著作郎"的身份资历，受过"必撰名臣传一人"的史学训练，而拥有相当的史学背景。参见王国良：《六朝志怪小说简论》，收入中国古典文学研究会主编：《古典文学》第四集（台北：学生书局，1982年），第244页。
② 说参《知识的考掘》第二部《话语的规则》。

其次，此一话语若能收致愉悦人心之效，往往是由于它借迂回的形构手段，将我们极深的焦虑与欲望转化为可被社会接受的意义。[1] 换言之，话语可以作为幻想体现的场所、象征化之因素、禁忌之形式、求取满足的工具。因而，由此所形成之"权力架构"的特色，便是"由欲望因应话语所可能有的地位所显现"。[2]

再者，欲望又是内在地与"匮乏"相联系在一起的，无关于独立于主体的现实对象，却往往与虚幻的对象有关；并且，只能在与他人的关系之中才能产生。[3] 这些观念落实到人鬼姻缘的两性关系论题之上，便出现了诸多耐人寻味之处。它包括：此类叙事中究竟潜藏了什么样的深层欲望？它们如何被凝缩、置换成如此的话语形式？一旦落实为话语形构，并大量流传之后，是否会形成新的权力架构？而它对于现实中的两性关系又是否会产生影响？

在既有的论述中，大多认为：志怪小说中所以特多

---

[1] 此为诺曼·N. 霍兰德（Norman N. Holland）之说，转引自《文学理论导读》，第 226 页。
[2] 参见《知识的考掘》，第 159 页。
[3] 参见《拉康结构主义精神分析学》，第 172—173 页。

人与异类交欢之情事，乃因古代礼教社会严于男女之防，对于两性间的情爱多所范限，而"志怪中展现的是妖狐鬼怪的生活，按逻辑也就可以不受人间道德的藩篱"。[①]叶庆炳在论及人鬼情恋时，则指出：1.女鬼的毛遂自荐；2.两相情好，遂同寝处；3."分离"是为"女鬼的爱情三部曲"。所以如此，乃因志怪皆出于男性文人之手，故其兴趣的焦点，自然在于女鬼的自荐枕席。[②]他们的论述皆有所见。但是，现在我们要进一步追问的是：为什么"男人"的兴趣焦点会落在"女鬼"的"自"荐枕席之上？它和欲望的潜藏和转化间又有什么样的关系？显然，心理分析和性别论述的观点，仍将是解决这些问题的关键。

综合心理分析和女性主义学者对"性别"问题的论点可知："社会性别"中的男女之别，乃是一由文化机制所打造出来的差别，后天的教养使男人压抑其女性化

[①] 见俞汝捷：《幻想和寄托的国度——志怪传奇新论》。另外，叶庆炳《谈小说妖》之"后记"、李丰楙《六朝精怪传说与道教法术思想》皆有此说。引文见俞汝捷前揭书，第52页。

[②] 参见叶庆炳：《魏晋南北朝的鬼小说与小说鬼》，《古典小说论评》（台北：幼狮文化出版公司，1985年），第101—141页。

的倾向，使女人压抑其男性化的倾向，并使男尊女卑、男外女内、男女有别俨然成为颠扑不破的真理。但如此两性关系的划分，再配合社会的政治现实，不只压抑了女性，常使男人也成为另一形式的牺牲者。因为，女性固然以不具父权特征（phallus，或译为阳具），成为父权社会中的次级公民，男人亦随时活在"去势的恐惧"（fear of castration）之中。尤其，秦汉以来，"君尊臣卑"论与"阳尊阴卑"之说结合下，唯有为"君"者才有资格成为绝对、唯一之"阳"，一切为臣者与未能在政治、社会体系中得遂青云之志者，都以此而相对成为"阴性"。为了克服恐惧、弥补缺憾，男性便不断地追寻其他的物象（fetish，如性器官、裹小脚等），以代替父权的特殊地位与权力。[1]

　　落实到"人鬼姻缘"的两性关系中，则它最大的意义即在于：女鬼自荐枕席、投怀送抱（如"露水姻缘"之属），以及非求助于男人始得还阳的情节（如"夫以妻贵"之属），肯定了身为男性的优越感；不请自来，唾手可得的女性，于是取代了抽象的父权，成为失意男人可堪自慰、可以自我肯定的凭借。而鬼妻临别赠金、襄助人夫富贵显达的故事，更有意无意地流露出：对男人来说，成就一己的功名富贵，乃是毕生最大职志，而女人（鬼），只是让他能更轻易达到目的的跳板罢了。试看《搜神记》中的《驸马都尉》，只因游学至雍，偶然（或应说是极其幸运地）为无夫而亡的秦闵王之女延

---

[1] 有关心理分析和女性主义者对"性别"问题的理论部分，系参考张京媛主编：《当代女性主义文学批评》（北京：北京大学出版社，1992年）；〔英〕克莉丝·维登著，白晓虹译：《女性主义实践与后结构主义理论》（台北：桂冠图书公司，1994年）；〔美〕格蕾·格林与考比里亚·库恩主编，陈引驰译：《女性主义文学批评》；〔挪威〕托里·莫伊著，陈洁诗译：《性别/文本政治》（台北：骆驼出版社，1995年）。至于"性别"对中国传统士人之影响，相关论文则有张淑丽之《明末清初才子佳人小说中的性别政治与阶级意识——从〈玉娇梨〉谈起》、梅家玲之《汉晋诗歌中"思妇文本"的形成及其相关问题》，二文俱收录于《女性主义与中国文学》（台北：里仁书局，1997年）。

请入墓，便由此开启其通往显贵之途的门径：

……女谓度曰："我秦闵王女，出聘曹国，不幸无夫而亡。亡来已二十三年，独居此宅。今日君来，愿为夫妇。"经三宿三日后，女即自言曰："君是生人，我鬼也。共君宿契，此会可三宵，不可久居，当有祸矣。然兹信宿，未悉绸缪，既已分飞，将何表信于郎？"即命取床后盒子开之，取金枕一枚，与度为信。乃分袂泣别，即遣青衣送出门外。未逾数步，不见舍宇，唯有一冢。度当时荒忙出走，视其金枕在怀，乃无异变。寻至秦国，以枕于市货之。恰遇秦妃东游，亲见度卖金枕，疑而索看，诘度何处得来？度具以告。妃闻，悲泣不能自胜，然尚疑耳。乃遣人发冢，启柩视之，原葬悉在，唯不见枕。解体看之，交情宛若，秦妃始信之。叹曰："我女大圣，死经二十三年，犹能与生人交往，此是我真女婿也。"遂封度为驸马都尉，赐金帛车马，令还本国。……

在此，辛道度在不必背负任何责任、无须付出任何努力（不用助鬼妻还阳）下，就轻易地得到鬼妻所赠之金枕，而金枕既为爱人（妻子）所赠，他却毫不珍惜，立刻至市上求售，而竟以此得与王妃相认，并得封驸马，如此情节，岂不更印证了"男人所想要得到的特权就在女人身上"（woman as phallus）吗？两性关系之偏颇、不平等处，遂由此可见。也因此，所有正统人鬼姻缘的发生，或许都可以通过此一论点予以了解。

但另一方面，由于被物象化的女性分享了父权的优越性，因而成为一"男性化"（其定义为积极、主动）的女性，以致反而对男性形成另一威胁，时刻提醒他男性的特权随时可被褫夺。由这一点来检视在世姻缘的延伸部分，则会看到：《司马义》令碧玉不得别嫁，固然是男权心态的展示，《袁乞妇》使袁乞"人性永废"，却正是男性"去势"恐惧的具体映现。而未婚情人间的死后还魂，虽仍不妨以"真情感召"视之，但若就雅克·拉康（Jacques Lacan）的观点看来，男人想要得到女人，其实并非为女人本身，而是为了投射在女人身上的、他自己的影子。换言之，完全无我的爱只是文化的神话，所有伟大的爱情神话几乎都是一个美丽的谎言，一个隐藏了两性不平等关系的美丽谎言。[1]果如其言，则亡者因情人召唤而再世为人，并以此得缔良缘的记述（如《河间女》《王道平》《卖胡粉女》之类），似乎都可被视为"隐藏了两性不平等关系的美丽谎言"，而前述一切关乎"生理性别""社会性别""阶级""情欲"间的纠结互动，自然也就全数被归整、收编、集结到"两性不平等关系"的焦点之上了！

不仅于此，若再联结到其他对志怪时代背景的相关研究，更会发现：许多以志怪形态出现的叙事，若非为社会某一阶层的男人为巩固其自身利益（信仰）而服务，就是成为其美化自身不当作为的包装。佛、道教徒的借志怪以"自神其教"，[2]固属前者；至于后者，根据大陆学者研究，人鬼姻缘中的墓冢幻遇、鬼妻赠金，或不免于为盛行于当时的"盗墓"风气开脱之嫌。据《三国志·魏志·后妃传》载，"太和四年，……及孟武母卒，

---

[1] 拉康观点的应用，亦参见张淑丽：《明末清初才子佳人小说中的性别政治与阶级意识——从〈玉娇梨〉谈起》。

[2] 有关教徒、方术之士借以"自神其教"的论述，可参考〔日〕小南一郎著，孙昌武译：《中国的神话传说与古小说》（北京：中华书局，1993年）。

欲厚葬，起祠堂，太后（文帝郭皇后）止之曰：'自丧乱以来，坟墓无不发掘，皆厚葬也。'"由此即可见盗墓风气之盛。至西晋末年的"五胡之乱"，更是大规模地发掘冢墓，"取其宝货"。[1] 流风所及，一般民间的贫寒男子迫于生计，企图以盗墓掘宝为生，亦属顺理成章。只是："盗墓所得的赃物要出手，必然会有被发现的可能。这时候，逃脱惩罚的唯一希望就是假托鬼神，编造神话，以求一逞。"[2] 如此一来，美丽的爱情故事，只不过是盗墓者意图脱罪的托词而已（前引《驸马都尉》的叙事，正是此类故事中的典型代表）。它所印证的，似乎正是女性主义学者伊芙·科索夫斯基·塞吉维克（Eve Kosofsky Sedgwick）早已指陈出的：男女两性的关系其实只是一种表面现象，其象征意义则在于男性间

---

[1] 详见《晋书》之《刘聪载记》《刘曜载记》《石季龙载记》《慕容皝载记》等。另外，《搜神记》卷一五亦有多条发人墓冢的记载。
[2] 根据大陆学者王青的研究，此一以"鬼妻赠金"模式出现的叙事，其特色均在书生收到鬼妻的赠物后，无一例外地很快在市场上出售，且就在他们出售之时，皆被原物主发现。其后，事件的进程则是：书生叙述此物由来——重开墓冢——书生得释。因此，至少在客观上，书生叙述的美丽爱情故事成了自己免罪的根据，具有使赃物合法化的功能。说参《人鬼恋故事的现实功能》，收入《古典文献研究（1993—1994）》（南京：南京大学出版社，1995年），第135—147页。

的互动；因此，所谓男女两性关系的深层结构是一种男、女、男的三角关系，其终极目标，全在于巩固男性的同性社交欲望（homosocial desire）；当然，更是使其拥有合理化之社会身份与作为的手段。[1]

凡此，俱显示：尽管表面看来，人鬼姻缘中的两性关系繁复多姿，引人入胜；但若从心理分析和女性主义的性别论述观点看来，它们实质上只不过是一系列经过种种凝缩和置换作用加工过的、具有政治隐喻的符码；所承载的，无非是男性对父权特权的深层欲望。这样的论述，固然有洞烛幽微之处，然而，仔细推敲，仍或不免因"两性不平等关系"的强调，而忽略、简化了其他面向的考虑，以致落入另一种窠臼之中；因而，在展现洞见的同时，同样也隐含了若干盲点。

首先，不容否认的是，以"男性对父权特权的深层欲望"，来看待人鬼姻缘中的诸多叙事，确乎一针见血，深入肯綮。尤其是"正统的人鬼姻缘"部分，无论是乍遇即离的"露水姻缘"，抑是具有进一步关系的"夫妻

---

[1] Eve Kosofsky sedgwick, *Between Men*（New York: Columbia UP, 1985）.

互助"，其中女鬼的夜来相就，为男人所带来的，不仅绝大多数是飞来艳福，更是诸多"不劳而获"的富贵荣华。如此情节一而再、再而三地反复出现，自当有其社会、心理方面的深层因由。而由故事中之男主角多为寒素士子的身份背景看来，说它投映了男性（尤其是不得志的男性）向往显贵，以及借女性（鬼）以自我肯定、自我满足、进而缘此攀附高门的潜意识，自堪称深入有得。

不过，倘若我们再参照"在世姻缘的延伸"中的若干叙事，以图作整体考虑的话，却又会发现问题似乎并不那么单纯。由于此类人鬼姻缘的男女主角，本就有夫妻、情人的关系，因此，其于一方亡故后所形成的"人鬼姻缘"，多以原先即已深植的浓情厚爱为联系的凭借。其爱欲之情延展、进行样态的繁复多变，实难以"所有的伟大的爱情神话几乎都是一个美丽的谎言，一个隐藏了两性不平等关系的美丽谎言"去一以概之。即以前引的《卖胡粉女》为例，若以世俗眼光观之，其中富家子的身份地位，明显优于卖粉女子，而从文中的叙述，我们也找不出女子身上有任何买粉男子"投射在女人身上的、他自己的影子"的证据。此外，胡馥之妻的还魂产子，

虽可视为女子被物化为生产工具的论证，但从另一角度看来，馥之于妻亡后，

> 哭之恸，云："汝竟无遗体，怨酷何深！"妇忽起坐语曰："感君痛悼，我不即朽；可人完后见就，依平生时，当为君生一男。"

此一情节，亦未尝不可解释为：馥之所以恸哭，乃以"无子遗传所爱者的音容笑貌，以致一死竟成永诀，从此将无由想望矣"。[①] 而胡妻的还魂产子，实为感其深情之故。如此，则其产子的意义，便不仅止于单纯的传宗接代，而是希冀借子嗣的出生、成长，延续自己（即胡妻）的音容笑貌和精神气血，以慰夫君。

再者，未婚情人间的死后还魂，尚有仅为"话别"而至之一型。如《述异记》中之《崔基》，谓基与朱氏女相悦，某日三更中：

---

① 此说引自吴达芸：《汉魏六朝中爱情小说的格局》，收入《文学评论》七集（台北：巨流图书公司，1983年）。

（基）忽闻叩门外，崔披衣出迎，女雨泪呜咽，云："适得暴疾丧亡，忻爱永夺，悲不自胜。"女于怀中抽两匹绢与崔曰："近自织此绢，欲为君作裤衫，未得裁缝，今以赠离。"崔以锦八尺答之；女取锦曰："从此绝矣！"言毕，豁然而灭。至旦，告其家，女父曰："女昨夜忽心痛，夜亡。"崔曰："君家绢帛无零失耶？"答云："此女旧织余两匹绢在箱中，女亡之始，妇出绢欲裁为送终衣，转盼失之。"

在此，朱氏女子虽亡，魂魄犹不忘至所爱处话别，并以自织之绢赠离，这与前引胡妻的为慰夫君而产子，同属深情至爱的流露。综观此类叙事，主角人物多以坚贞情爱，力搏由死亡所造成的憾恨，而所谓的"美丽谎言"之说，对照着这因生与死、情爱与憾恨之挣扎拉锯而激荡出的悲剧张力，也就益显微弱无力了。

不仅于此，即使是"正统的人鬼姻缘"部分，其中的"两性不平等关系"固属显而易见；但若就"性别"与"阶级"的问题再作检视，则会发现：由塞吉维克所提出的"男／女／男"三角关系之说虽极有洞见，但有时却不免忽略、模糊了此二者相互错综纠结的实况。

即再以《驸马都尉》为例，道度最后所以能得封驸马，跻身显贵，自是拜鬼妻（秦闵王女）之赐，故纯就"性别"角度言，道度（男）借鬼妻（女）以攀附高门（"男"权社会中的既得利益者），这当然是典型的"男／女／男"三角关系。但若再从"阶级"角度着眼，则秦闵王女在世时所拥有的显贵身份，明显在阶级上高于原为寒素的辛道度——换言之，虽然身为女性，仍可因先天出身背景的优势，在这个男权社会的高层位阶中，拥有一席之地（尽管并不能发挥实质的作用）。也因此，原先三角关系中的后二者（女／男），其实同属权贵／寒素阶级区分中的"权贵"阶级，并不能截然区分。但另一方面，秦闵王女毕竟已化为异物，其为"鬼"的身份，遂使其在人／鬼的位阶区分中，明显落居下位，而三角关系中的"二男"（原为寒素的辛道度与世间的权贵者），反同因在世为"人"，成为一共同联盟。就此看来，原本清晰明了的平面三角关系，内部实则潜藏着诸多的颉颃拉锯；而其中，女性地位的升沉起落，似乎也还有更多可资探索的空间。

不过，尽管以心理分析和女性主义的性别论述来论析"人鬼姻缘"，有若干犹待斟酌之处，但无可否认的，其敏锐犀利的视角取向，仍有助于吾人在志怪研究上别开户牖。尤其，若将它再联系到"话语形构"的论题之上，更会浮显出诸多值得进一步深思的课题。

前已述及，以书写形式出现的话语形构，若能收愉悦人心之效，"往往是它借迂回的形构手段，将我们极深的焦虑与欲望转化为可被社会接受的意义"。就志怪中的人鬼姻缘故事来看，其显而易见的是，所谓"极深的焦虑与欲望"，有很大一部分便是"男性对父权特权的深层欲望"；而男人入墓幻遇，鬼妻赠金的诸般情节，正可视为以迂回的形构手段，将此一焦虑与欲望转化为可被社会接受的意义；同时，也因为在虚构故事中进行了阶级身份的改造（或跻身高门，或借轻易得到女性而成为男女关系中的优势者），获致某种心理上的满足。

然而，吊诡的是：虚设幻境、书写故事，本来的作用乃系转化焦虑、升华欲望，但一旦落实为话语形构，则无可避免地又形成了另一种无形的规范制约，与另一形式的欲望开发——一方面，女鬼的自荐枕席、投怀送抱，以及须借助男人始得还阳的情事，强化了男（阳）尊女（阴）卑的刻板性别关系，此一刻板关系，通常会随着话语形构的广为流传，成为作者（说者）施加于读者（听众）身上的权力架构；但另一方面，无论是正统的人鬼姻缘，抑是在世姻缘的延伸，其中浪漫幽渺的爱情，恒常召唤出人们对于虚构情境的想象和渴望，却又因在现实生活中无缘享有，引发再度的失落与匮乏。这一来，为了弥补这再度的匮乏和失落，岂不又得衍生、创造出更多其他的话语形构和权力架构，来转化焦虑、升华欲望吗？①

如此的吊诡情形，若与志怪的辑纂实况予以联系，更可得到进一步的印证。基本上，"志怪"既本为"街谈巷说"，其形成自当有其集体性因素；且各书所载多

---

① 这些话语形构，一方面以"人鬼乃皆实有，故其叙述异事，与记载人间常事，自视固无诚妄之别"的"记史"形态出现（如干宝在《进搜神记表》中即宣称：其《搜神》之作，乃为"发明神道之不诬"）；另一方面，则又借由对同一"母题"孳衍，或综合数个母题再加变化的形式，繁衍出新的叙事话语。如明代汤显祖的戏剧《牡丹亭》，其"还魂"情节正可视为《徐元方女》的遗绪。

所重出的现象，亦显示负责辑录工作的"作者"，其实原先也不过是众多的"听众"和"读者"之一而已。因此，将所见所闻落实为书写，同时也意味着从权力承受者转为施加者的身份改换。只是，由于所有的志怪纂录者全属男性，且又多具有史学背景，其纂辑时所抱持的筛选拣择标准，自不能不受到既有文化机制的影响，更不免受限于传统性别观念的牢笼。是以，由广搜轶闻到纂辑书写，正可视为对既有观念的接受、转化、再度建构的辩证过程。而所谓的"两性关系"和"性别观念"，似乎也就在这由连串话语形构、欲望隐喻和权力架构所形成的辩证与吊诡关系中，既不断地被建构，也不断地被消费；既不断成为转化欲望的符码，也不断成为开发欲望的主导力量——唯独，对其中所可能蕴涵的"两性不平等的权力关系"一事，书写者却从来不曾、不能、也无意去加以改变。

五、结语

"两性关系"不仅是现今社会上的热门话题,也是亘古以来文学传统中的重要内容。经由两性间的往还互动,既繁衍了种族,传承了历史,也交织、铺陈出纷繁多变的世间万象;这一切,再经鬼神灵异之谈的浸渗,益增魅人风采。经由前文对志怪小说"人鬼姻缘故事中的两性关系"的讨论,可以看出:既谓"两性",必然免不了诸多"二元"质素的对照和冲撞,也很容易引发简单、素朴的二元对立观念与性别论述的建构。只是,两性既分男女,又有阴阳、生死之别,再加上阶级、情欲等因素的错综辏辖,实无法以简单的二元论和素朴的性别观予以牢笼。但不容否认的是,心理分析和女性主义性别论述,却能借由"男性对父权特权的深层欲望隐喻"之论点,在看似纷纭错综的表层结构中,一针见血地指出潜藏于其深层结构中的"两性不平等权力关系",其论述之敏锐犀利,实为志怪小说的研探,开拓出令人耳目一新的观照角度。只是,既有"洞见",难免也就有所"不见"。就人鬼姻缘中的两性关系看来，此一论述在处理"正统的人鬼姻缘"时，大致堪称顺理成章；但以之论述"在世姻缘的延伸"，则不免有其牵强处。其原因，或许正是着眼于强调"两性不平等关系"的同时，却忽略了阶级、情欲，以及种种爱恨、生死之间错综纠缠的复杂关系之故。

不过，正有如我们在肯定心理分析和性别论述之洞见的同时，并不讳言于它的不见；所以，在指出它忽略了阶级、情欲和种种爱恨、生死的错综纠缠之际，同样也要强调确实潜藏于其间的"两性不平等权力关系"。尤其，"志怪"既为一"话语形构"，自然涉及"权力架构"的形成和转换；而它们，既因为"欲望"的居中辐辏，构成多重的辩证和吊诡，又因一再地辗转传抄、反复演绎，不断将此一关系复制强化。其间所涉及的问题，实仍有诸多值得进一步深究之处。而本文的论析，正是以多元、开放的立场，针对这些问题进行初步的探讨，纵或有未尽，但就志怪小说的研究来说，却是一个新方向的尝试；同时，也希望借由这样的尝试，对传统文学与当代论题的研究，都能提供若干参考。

女性小说的都市想象与文化记忆
——林海音与凌叔华的北京故事

凌叔华是我中学生时代就心仪的作家。她的作品并不多，短篇小说不过是《花之寺》《小哥儿俩》等数本，却都印象深刻。我常常想，我写小说，无意中有没有多少受了凌叔华作品的影响？1967年编《中国近代作家与作品》时，开始就列入了她的短篇小说《绣枕》，并且请苏雪林先生写了一篇《凌叔华其人其事》，因为她们当年在武汉大学教书时，和另一位女作家袁昌英，被称为"珞珈山上三剑客"呢！

——林海音《剪影话文坛·"凌迷"》

一、前言

林海音（1918—2001年）与凌叔华（1900—1990年）

分别是战后台湾文学与"五四新文学"的重要女性作家。虽然两人年龄相差将近二十岁,但巧的是,她们除了先后都以女性小说闻名于世,都曾是重要报刊主编,对当时文坛发挥一定影响力之外,无论书写关怀、为文风格,都多有相近相通之处。此外,更重要的是,两人同样曾在"北京"度过自幼及长的成长岁月,并在离开北京若干年后,分别以自传体小说《城南旧事》(1960年)与《古韵》(*Ancient Melodies*)(1953年),为自己,也为北京的童年,铭刻下动人的记忆。20世纪四五十年代,两位女作家去国离乡,[①]却不约而同地要超越政治,不带激情,只是幽幽诉说自己的童年,以及它与一座城市间的因缘,毋宁是耐人寻味的。这当然也令人好奇:究竟是什么样的文化记忆,让北京深深融入她们的生命历程,成为书之念之的对象?作为女性小说家,她们的观照视角,是否,以及如何别出蹊径,为这曾是数百年皇城帝

---

① 1946年,凌叔华的丈夫陈西滢受国民政府委派,赴巴黎出任常驻联合国教科文组织代表。翌年,凌带着女儿陈小滢到伦敦与丈夫团聚,从此常驻欧洲。她的 *Ancient Melodies* 于1953年在伦敦出版,写作时间则早自1940年代便已开始。林海音于1948年偕同丈夫、子女、母亲等离京返台,1950年代中开始陆续完成《城南旧事》中的各篇章,1960年在台正式结集出版。

都的城市，召唤出不同（于一般男性作家）的都市想象？而北京的城市特质，又是如何浸渗于她们的书写之中，为其标识出个人的风格特色？再者，尽管林海音从不讳言自己对凌叔华的倾慕之忱，[1]但林海音来自台湾，凌叔华出生于京城；《城南旧事》出版于台湾，《古韵》却是以英文写就，在伦敦问世。两人背景不同，作为重要自传体的小说书写文字有别，其间又是否具有值得探究的异同之处？林、凌二人的文学成就有目共睹，相关研究也十分丰硕，但检视既有研究成果，能注意及此者，并不多见。[2]而本文，正是试图以"北京"这座城市作为问题意识的出发点，由林海音的北京书写入手，兼及凌叔华，就前述问题进行论析。

---

[1] 参见林海音：《"凌迷"》，收入《剪影话文坛》（台北：纯文学出版社，1948年），第32—34页。
[2] 检视现今相关研究，能注意到林、凌二人之文学因缘的学者，大约仅有应凤凰、傅光明、范铭如等少数。参见应凤凰：《林海音与台湾文坛》；傅光明：《林海音的文学世界》，俱收入舒乙、傅光明编：《林海音研究论文集》（北京：台海出版社，2001年）。范铭如：《京派·伍尔芙·台湾首航》，"林海音及其同辈女作家学术研讨会"论文，2002年11月30日—12月1日，台北。至于《城南旧事》与《古韵》间的异同，似乎尚无学者论及。

二、孩童·女性·北京城南——林海音的北京"故"事

无可否认地,"北京"在林海音的文学创作之中,一直具有特殊意义。从1923年随父母赴北京城南定居,到1948年偕同丈夫、子女、母亲等回到台湾;从稚龄小女孩,到为人妻,为人母,林海音在北京住了整整四分之一个世纪。返台之后,对北京思念无已,发而为文,先后写出许多与它有关的文章。为此,她曾坦言:

> (我)读书、做事、结婚都在那儿。度过的金色年代,可以和故宫的琉璃瓦互映,因此我的文章自然离不开北平。有人说我"比北平人还北平",我觉得颂扬得体,听了十分舒服。①

在大陆版小说集《金鲤鱼的百裥裙》一书的"自序"中,她也强调:

---

① 引自林海音:"自序",《两地》(台北:三民书局,1969年),第1页。

> 我写作的两个重点,是谈女性与"两地"(北京和台湾)的生活。①

然则,综观林海音的写作历程,她于 1948 年底返台后,尽管笔耕不辍,频频在《妇女与家庭》《新生妇女》等文学园地发表散文及小说,1950 年代里,即结集出版了《冬青树》(1955 年)、《绿藻与咸蛋》(1957 年)、《晓云》(1959 年)三部作品,但它们的内容,几乎全都聚焦在台湾社会的人情世态,以及一般小民的生活点滴之上,并不及于北京种种。文中虽不时琐记小家庭的柴米悲喜,孩童及女性婚恋主题,却并不明显。倒是 1960 年代开始,《城南旧事》(1960 年)、《婚姻的故事》(1963 年)、《烛芯》(1965 年)小说集相继问世,这一系列文字,不但背景多数回到北京,童年、女性与婚恋的叙事主轴,也随之凸显;她在台湾文坛最为人瞩目的书写特色,更是由此确立。1966 年,林海音将和台湾、北平(1949 年 9 月 27 日,北平改名为北京)有关的散文辑为《两地》

---

① 林海音:"自序:文字生涯半世纪",《金鲤鱼的百裥裙》(杭州:浙江文艺出版社,1997 年),第 1—3 页。

一书，交由三民书局出版，书前"自序"，曾对自己所以兼顾台湾与北京的书写取向，做出清楚说明：

> "两地"是指台湾和北平。台湾是我的故乡，北平是我长大的地方。我这一辈子没离开过这两个地方。……当年我在北平的时候，常常幻想自小远离的台湾是什么样子，回到台湾一十八载，却又时时怀念北平的一切，不知现在变了多少了？[1]

正是当年"在北平的时候，常常幻想自小远离的台湾是什么样子"，因此她返台之初，便"写了许多台湾风土人情的小文，都是听到的，看到的，随手记了下来"；[2] 也正是"回到台湾一十八载，却又时时怀念北平的一切"，她"漫写北平，是为了多么想念它，写一写我对那地方的情感，情感发泄在格子稿纸上，苦思的

---

[1] 林海音："自序"，《两地》，第1页。
[2] 林海音："自序"，《两地》，第1页。

心情就会好些"。①

也因此,尽管台湾与北京同是林海音关注的写作重点,却由于二者在她生命历程中所占有的时域位置不同,不只呈现出不同特色,也具有不同的意义。仔细玩味,她的"台湾",是眼前的、当下的;她的"北京",却是记忆中的、一切再也回不去了的从前。正是如此,林海音与"北京"有关的书写,遂不只是具童年自叙传性质的小说《城南旧事》,同时还涵括了一系列以旧社会女性婚姻为主题的"婚姻的故事"(收入《婚姻的故事》《烛芯》),以及许多追忆儿时城南生活的散文(收入《两地》《家住书坊边》《我的京味儿回忆录》)等。若与迁台之后,同样也以北京书写闻名的唐鲁孙、夏元瑜、丁秉鐩等人之作相对照,她侧重于"儿童"与"女性"的书写取向,明显与这些当年同时来台的同辈作家们并不相侔,②反倒是与前辈京派女作家凌叔华多有相似之处。其中,所谓城南"旧"事,流露出的,无非时

---

① 引自林海音:《北平漫笔》,收入《我的京味儿回忆录》(台北:游目族文化事业公司,2000年),第88页。
② 前述作家北京书写的特色及其意义,请参见王德威:《北京梦华录:北京人到台湾》,《联合文学》19卷7期(2003年5月),第103—107页。

移事往，童年难再的惆怅；而婚姻的"故"事，又何尝不是对一个逝去时代的回眸？特别是，检视《婚姻的故事》一文，除了在内容上，通篇都是以当年自己嫁入传统大家庭后，许多耳闻目见的"婚姻的故事"组串而成，[①]它的首尾，其实也呼应了林海音从结婚开始，到携子女离京的历程。试看它一开篇，便是从结婚前"送嫁奁"一事起笔：

> 虽然时代已经不是旧的时代了，但是在那个古老的地方，以及我结婚后所要生活的那个家庭，母亲多多少少也给我准备了一些嫁奁……

全文最后，则是以这样的文字作为结束：

> 我是抱着怎样茫然的心情离开我的第二故乡北平啊！二十几年的时间，我在这里成长、

---

① 这些故事，此后还被据以写成了其他各篇不同的小说，如《殉》《烛芯》两文的本事，即出于此。

读书，结婚，做了三个孩子的母亲！

飞机从西苑飞起，穿过古城的上空，我最后瞥见了协和医院的绿琉璃瓦顶，朝阳射在上面，闪着釉光，那是我结婚的地方，我记得我手持一束白色的马蹄莲走在协和礼堂的红毡子上，台上几位音乐家在奏着结婚进行曲……

我们已经飞到云层上面来了，绿琉璃瓦的北平城早在视线中消失了，她深深地埋在云层下面，我知道她将给我无限的回忆。[①]

缘于此一背景，林海音所有的北京书写，注定了都是回忆，都是"故"事。它的"故"，既来自北京与台湾于地理空间悬绝后的不可复返，也来自个人生命历程中，成人与童年、现在与过去的永恒断裂。乍看之下，这或许与当时其他众多的怀乡忆旧之作并无区别，然而，北京城南的环境特质、林海音的台湾人身份、书写时所独钟的"孩童视角"与"女性观照"，毕竟要为她的"北

[①] 引自林海音：《婚姻的故事》（台北：文星出版社，1963年），第99—100页。

京故事"铺陈出与众不同的视景。

（一）城南旧事：台湾小女孩在北京

林海音的北京故事由《城南旧事》一书发出先声。该书自1960年出版迄今，风行海内外不辍，更以英文译本、童书绘本及电影改编等多种不同形式广为流传。它的广受欢迎，自有多方面因素。但若由"北京书写"着眼，则它另一方面的意义，应是与林海音其他追忆北京的散文互映互证，共同体现了"既外且内"与"外而复内、内而复外"的游移转折；以及，经由多重"边缘"性视角的交会，超越了一般主流叙事的观照局限。所以如此，一方面缘于北京城南本身异质而多元的环境特色，另一方面，当然就是叙事者作为"台湾""小女孩"的身份特质。

《城南旧事》记述的是英子五岁到十三岁在北京城南的生活与成长历程。相对于曾是中国数百年来政治、文化中心的旧日京畿，城南僻处一隅，却自有天地。天桥、城南游艺园、虎坊桥、琉璃厂，以及提供外地来京游子居住的各省县"会馆"，共同构成别具一格的城南文化：

五方杂处，喧攘流动，却又生趣盎然。林立的会馆，多样的游艺与商业活动，原就容易吸纳往来杂沓的各方人马。英子来自台湾，五岁随父母落脚于此，之后在此读书成长。初来乍到之际，她的"台湾"身份，理所当然地使她与北京产生"既（生活于城南之）内且（又被划分于城南人之）外"的关系。试看《惠安馆》一节中，"疯子"秀贞的妈妈轻点英子的脑门儿，笑骂"小南蛮子儿！"英子的爸爸常用看不起的口气对她妈说"他们这些北仔鬼"，[1] 正披露出城南在地人与外来者之间的隔阂与彼此轻视。

然而光阴荏苒，就如同在语言方面，原本同一个"惠安馆"，顺义来的宋妈说成"惠难馆"，英子妈妈说成"灰娃馆"，爸爸说成"飞安馆"，英子则终要与胡同里的孩子一起念出纯正的北京语音"惠安馆"。虽说起初"到底哪一个对，我不知道"，[2] 但随着岁月推移，她由原先的外来者而逐渐融入北京，成为城南在地人，

---

[1] 见林海音：《城南旧事》第2版第5次印刷（台北：纯文学出版社，1988年），第35—122页。
[2] 《城南旧事》，第35—122页。

毕竟是自然而且必然。时光匆匆，宋妈、兰姨娘来了又去，爸爸的花儿开了又谢，小说中，生活于城南的十三岁英子小学学业完成，以"爸爸的花儿落了，我也不再是小孩子"，[①]为《城南旧事》全书画上句点。小说外，离京返台的林海音，却是遥隔着千山万水，在城南之外不断回望城南，重说旧事。《城南旧事》出版后，她的"京味儿回忆"方兴未艾，《我的京味儿回忆录》《家住书坊边》《在胡同里长大》《北平漫笔》《想念北平市井风貌》《骑毛驴儿逛白云观》《天桥上当记》《文华阁剪发记》……一篇篇大小文章，多面相地勾绘出北京城南的人情世态、市井风貌，恰恰为英子补充了《城南旧事》中还没来得及说完的生活点滴。因此，如果说《城南旧事》是以小女孩的眼光，实时捕捉了成长历程中，许多来去于自己"身边人物"的悲欢纪事；那么，这些"京味儿回忆"的散文，则是以成年女性的身份回溯既往，重塑"自己"曾经亲历的生活记忆。前者体现"既内且外"与"外而复内"的生命开展，后者，则是"内而复外"后的回

---

① 《城南旧事》，第229页。

顾与召唤。二者互映互证,彼此对话,交织出的,正是"台湾小女孩在北京"的生命历程。

不止于此,英子小"女/孩"的身份,更是促使这一系列"城南旧事"所以别树一帜的关键。在过去,论者多已注意到孩童视角的可贵,并以此肯定《城南旧事》的成就。如齐邦媛先生即指出:

> 由于孩子不诠释,不评判,故事中的人物能以自然、真实的面貌出现,扮演自己喜怒哀乐的一生。……《城南旧事》在英子的欢乐童年和宋妈的悲苦之间达到了一种平衡。掩卷之际,读者会想:"看哪,这就是人生的最简朴的写实,它在暴行、罪恶和污秽占满文学篇幅之前,抢救了许多我们必须保存的东西。"[①]

此一"不诠释,不评判"的态度,正所以超越成人世界中的贵贱阶级之别,在主流之外,转而关注寻常人

---

① 齐邦媛:《超越悲欢的童年》,收入《城南旧事》,第1—8页。

家的哀乐人生。试看英子身边的人物，无论是秀贞或小桂子，是兰姨娘宋妈，还是那偷东西的"贼"，无不是当时社会底层里平凡（甚至不幸）的边缘人物，却也正是这样的人物，体现了另一番自为自在的人间视景。

再者，若进一步追索，同样是孩子，作为"女"孩的性别身份，却不仅是主导林海音《城南旧事》一切叙事、造就其所以可贵的另一重大因素，同时也成为在童年记忆外，她的"北京故事"所以还会有后续"婚姻的故事"的关键。即以《惠安馆》一节为例，英子所以能与秀贞及小桂子建立互信，促使二人母女团圆，正是因为她与小桂子同为女孩，秀贞乍见她，便"低下头来，忽然撩起我的辫子看我的脖子，在找什么"，[①]并将自己的故事告诉她，托她代为寻找失散的女儿。在《我们看海去》中，英子同样因身为小女孩，无法介入小男孩的踢球活动，为了替他们捡球，误入草丛，才会发现"贼"及其所偷藏的赃物。于是，在不知情之下所发展出的纯真友

---

① 《城南旧事》，第43—44页。按，秀贞的女儿小桂子脖子上生有指头大一块青记，是为秀贞寻找女儿的依据，第77页。

谊，遂在真相大白后的感伤与失落中戛然而止。^①而兰姨娘所以会与德先叔发生感情，相偕离去，^②不也是出于小"女"孩的敏感与体贴吗？

正是如此，相对于中国与京畿、成人与男性等一般习见的主流视角，此一由"台湾小女孩在北京"所召唤出的"城南旧事"，遂因台湾与城南、孩童与女性视角的交会，体现了地理的、年龄的及性别上的多重边缘性。唯其边缘，故能超越主流视角观照的局限；也唯其边缘，始得呈现"一个安定的、正常的、政治不挂帅的社会心态"^③。其中，随着英子的成长，作为"女性"的性别特质，自然也就延展为此后对周遭女性婚姻问题的格外关注；而另一系列"婚姻的故事"，遂成为林海音"北京故事"的后续成年版。

（二）婚姻的故事：女性与北京及旧式家族文化

本来，《城南旧事》中关于秀贞、兰姨娘的故事，

---

① 林海音：《我们看海去》，《城南旧事》，第123—162页。
② 林海音：《兰姨娘》，《城南旧事》，第163—194页。
③ 齐邦媛：《超越悲欢的童年》，收入《城南旧事》，第1—8页。

已涉及新旧社会交替时的许多婚姻问题。只是，就孩子的童稚眼光而言，她所关注的重点，与其说是成人世界的"婚姻"，不如说是人际间纯真情谊的建立与失落。然而，英子终要长大，一系列与北京有关的"婚姻的故事"，遂从云舅舅为她"送嫁奁"的一刻，揭开序幕。只是，婚姻的故事无处不有，发生在"北京"的，将会有何不同？

回顾林海音的家庭背景，她的父亲林焕文是苗栗客家人，原有妻室及女儿，后来北上板桥林本源家的林家花园工作，又再娶了林母黄爱珍女士。此后林焕文将原配留在老家，携同爱珍远走日本，再赴北京城南定居，直至病故。林海音虽是庶出，但北京的小家庭生活单纯，结构完整，父母感情融洽，生活和乐，成长期间，几乎不曾感受到任何传统大家庭中的婚恋问题。《城南旧事》所以不及于此，这当然是原因之一。然而，自从她与出身仕宦之家的夏承楹（何凡）先生相恋成婚，携手走入夏家的大家庭之后，情况便大为不同。《婚姻的故事》一文中，林海音一开始就是这么说的：

妈妈的婚姻生活是多么地有趣而新颖，在古老的年代，她以一个平凡的女人便有机会随着丈夫到外国去。

而我呢？谁会想到二十二年后，妈妈的女儿反倒嫁到一个有着四十多口人的古老的家庭去了呢！①

而这个"有着四十多口人的古老的家庭"，恰恰是传统社会旧式家庭的典型。它有着许多来自书香世家文化底蕴的老规矩，和离乡背井、孤儿寡母的林家完全不同。林海音的女儿夏祖丽为母亲作传，甚至特别指出：

她在夏家，在夏承楹身上见到世面，看到了一个深厚开阔的人生。……聪明的台湾姑娘，在北京落户的夏家见到了真正的京派作风。②

---

① 《婚姻的故事》，第3页。
② 夏祖丽：《从城南走来——林海音传》（台北：天下文化，2000年），第89页。

成为大家庭的媳妇之后，她首先感受到的，便是公婆姨娘彼此相处互动时的诸多矛盾紧张，以及其他兄弟因婚姻不自由而生的种种痛苦：婆婆对姨娘的鄙夷与醋意、公公处于妻妾之间的尴尬为难、三哥三嫂婚姻中的难言之隐、四哥五哥在家庭压抑下的独身不婚……在在是旧式家庭婚恋（悲剧）文化的公式化搬演。本来，随着社会变迁以及新文化的洗礼，此类旧家庭已在逐渐崩解之中。但恰恰是北平此一都市文化的保守特质，使它变而未变，欲去还留。林海音曾提道：有时回娘家去，向妈妈叙说着婆家的近况，"谁不为这曾经辉煌融洽的大家庭叹惜呢？"因为——

> 时代不是那个时代了，北平的保守风气还算是最后的一个城市呢！[1]

诚然，过去数百年间，北京一直是皇城帝都，"帝都多官"，因之而生的，一方面是仕宦文化中的礼仪文明，

---

[1] 《婚姻的故事》，第42页。

事事讲求伦理规范；另一方面，胡同四合院的生活形态，更有助于传统家族文化的维护。北京成为"保守风气"最后的守护者，原是良有以也。婚后的林海音，身处此一大家庭中，耳闻目见，信手拈来，尽是不同的婚姻故事，而它们，正所以成为她写作的灵感泉源。她说：

> 因为大家庭的生活，给我带来许多感触，成了我一部分的写作的灵感的泉源。我要透过小说的方式，把上一代的事事物物记录下来，那个时代是新和旧在拔河，新的虽然胜利了，旧的被拉过来，但手上被绳子搓得出了血，斑渍可见！[1]

此一大家庭的生活模式与人物互动，更以多种变形的方式，投影在她的小说之中。如她曾自述写过一篇题名为《殉》的小说，描写一个旧式冲喜婚姻的不幸妇人的心理：她自幼订婚的未婚夫得了肺病，为了冲喜，二

---

[1] 《婚姻的故事》，第14—15页。

人终于在丈夫病重时结了婚。一个月后,丈夫亡故,她便一生留在男家,不曾再嫁,几同以身相殉。"这篇小说虽然不是我们家的事情,但是我便以我们这大家庭做了背景,而且说实在话,也是三哥的事,给了我灵感,再加上另外曾和我在图书馆的同事怡姐的一部分实情,凑起来的。"不止于此:

> 在《殉》那篇小说里的公婆的画像,实在是以我的公婆为画底的。婆婆吸水烟的姿式,我在硬木桌前为她搓纸煤的情景,寂静的午后,度过那困乏的夏日,每天老王拉起天棚的那懒洋洋的样子,都是以我家为背景,在我执笔的时候一一走进我的作品里来。[1]

至于她的另一著名短篇《烛》,描写一个女人,因丈夫娶了姨太太,自己每天躺在床上,以装病来引起丈夫注意,同时试图借此折磨丈夫与姨太太。不料经

---

[1] 《婚姻的故事》,第14—15页。

年累月，三分病竟成了十分瘫痪，这女人就在一盏烛光下，面墙躺了十几年，直至老死。它虽是取材于中学同学母亲的故事，但所触及的"姨太太"主题，不仅可与自己婆婆与姨娘的故事相互映照，也是林海音书写中经常出现的关怀要点。如《金鲤鱼的百裥裙》《难忘的姨娘》等，都与此有关。后来，夏祖丽重读母亲的小说，便曾表示：

> "姨太太"是中国旧家庭中习见的人物，我发现母亲很喜欢写"姨太太"这型人物，大概她在那时代中见得太多了。[①]

然则，尽管"姨太太"是中国旧家庭中习见的人物，却未必是每位作家都有兴趣的主题。前已提及，与林海音同时自京来台的同辈作家不少，但林的取材文风与他们相侔处不多，反倒是与前辈"京派女作家"凌叔华多有相近相通之处，其中，因当时北京及旧式家

---

① 夏祖丽：《重读母亲的小说》，收入林海音《烛芯》第2版第4次印刷（台北：纯文学出版社，1988年），第3页。

族文化而孕生出的"旧家庭女性"与"姨太太"问题，便同是二人所关注者。这两位女作家皆与北京渊源颇深，林海音的"北京故事"已如前述，而北京之于凌叔华，又将如何？在体现北京的都市记忆与文化想象方面，二人有何异同？其间是否具有一定的文学因缘与相应而生的文学史意义？以下，将先略叙林、凌二人的文学因缘，进而取《城南旧事》与《古韵》相对照，以论析相关问题。

三、林海音与凌叔华及"京派"文学传统

（一）"凌迷"：由林海音看凌叔华

事实上，林海音从不讳言自己对凌叔华的倾慕。

早年，她即撰文说自己是"凌迷"，说凌是她"中学生时代就心仪的作家"，并尝自问："我写小说，无意中有没有多少受了凌叔华作品的影响？"1970年6月初，当时客居西班牙的徐钟佩将凌叔华的新剧作《下一

代》寄给林海音,林大喜过望,立即将它在她主编的《纯文学》月刊上发表,是为凌叔华在台发表的第一篇作品。同年,凌专程来到台湾,参加台北故宫博物院的"中国古画讨论会",林海音闻讯,与另一当年的"凌迷"张秀亚"相偕直奔中山楼,在一两百人的茶会中,去寻找凌叔华","大伙儿就围着凌叔华谈话",还拍了许多照片。①

由此可见,虽说林海音的写作广受五四作家的启蒙与影响,但凌叔华,无疑是其中最特殊的一位。这两位女性作家,不仅皆曾在北京度过自幼及长的儿时岁月,小说书写的取向也多所相近。如凌叔华早年擅写闺房中的风云变幻,林海音也以叙写旧时代女性的婚姻故事见长;凌叔华每每"怀恋着童年的美梦,对于一切儿童的喜乐与悲哀,都感到兴味与同情",她曾说,以孩童为主角的小说集《小哥儿俩》,"书里的小人儿都是常在我心窝上的安琪儿,有两三个可以说是我追忆儿时的写

---

① 见林海音:《"凌迷"》,收入《剪影话文坛》,第32—34页。

意画",[1] 而林海音对于北京的童年生活同样无时或忘，在《城南旧事》的"后记"中，她也说："为了回忆童年，使之永恒，我何不写些故事，以我的童年为背景呢！""我只要读者分享我一点缅怀童年的心情。每个人的童年不都是这样的愚骏而神圣吗？"[2]

不仅于此，林海音固然以《城南旧事》为自己的北京童年留下永恒记忆，凌叔华也以英文写就的《古韵》（*Ancient Melodies*），自叙其童年生活。所不同的是，林海音这位台湾姑娘，要直到婚后进入夏家的大家庭之后，才"在北京落户的夏家见到了真正的京派作风"，也开始真正关注女性"婚姻的故事"。凌叔华却因为原就出身典型的仕宦之家，从写作之初，便着眼于大家庭的女性婚恋问题：当年第一篇发表的小说《女儿身世太凄凉》，写的就是世家女儿的婚姻不幸。她的父亲凌福彭与康有为同榜中举，在清末历任户部主事兼军机章京、保定府知府、顺天府尹代理、直隶布政使等职。民国后，

---

[1] 见凌叔华：《〈小哥儿俩〉自序》，收入《凌叔华小说集Ⅱ》（台北：洪范书店，1986年），第459页。
[2] 见林海音："后记"，《城南旧事》，第231—238页。

担任过约法会议议员及参政院参政。凌父先后娶了六房夫人,她则是四夫人所生的四女。出身如此京城大家族,凌叔华对大家庭妻妾子女间的纷繁扰攘,闺阁绣帷中的风云变幻,以及传统观念中的种种性别不平等关系,自小体验独深。五四女作家中,她一向以擅写闺阁人物著称,代表作《绣枕》及《中秋晚》《一件喜事》等,莫不体现出传统社会的家族文化特质,以及其间女性处境的艰难。再加上,她的文风温婉秀逸,即或是再强烈的震撼骚动,写来也是蕴藉婉约,云淡风轻,不见激情呐喊,却自有动人深致。因此在鲁迅看来,她的小说特色即在于"大抵很谨慎的,适可而止地描写了旧家庭中的婉顺女性";而这些,正是"世态的一角,高门巨族的精魂"。[1]

就此看来,凌叔华之擅写旧家庭,一则固然关乎她自幼浸染其中的个人背景;再者,"文人之在京者近官",保守传统的文化氛围,每每又使讲究礼法伦理、人情世故,以及追求种种优雅品味,成为京城大家族普遍重视的必需教养。凌叔华自幼即展现绘画方面的天分,家人

---

[1] 赵家璧主编:《新文学大系小说二集》之"导言"(台北:业强出版社,1990年),第11—12页。

特别寄厚望于她未来在画坛上的成就,因而延请名家教她习画。她的文字清灵秀逸,每多画境,亦当与此有关。不过,新式的女子学校教育,五四新文化的洗礼,毕竟要使在旧文化中成长的她,逐渐走出旧家庭,迎向新社会。她在《绣枕》《酒后》《花之寺》等一系列小说中塑造了一批形象生动的女性人物,既有传统家庭中习惯附庸于男性的太太小姐,更有能体现新社会新文化,以慧心巧思与丈夫往来互动的新女性与新妻子。经由她们的爱欲嗔痴,喜怒悲欢,标识了五四女性依违于新旧文化之间的步履踌躇。这就有如连士升《新加坡版〈凌叔华选集〉序》一文所说的:

> 叔华生长于富裕的旧家庭,旧家庭的一切光荣的传统,或腐败的习惯,她都看得十分透彻。后来她又做新式小家庭的主妇,所来往的全是中国各大城市最优秀的知识分子。因此,她就把自己所最熟悉的生活片断,用最经济的文字,写成许多短篇小说。虽然每篇各有它的主题,但是力透纸背的一股人情

味，却弥漫着她的小说里边，使人看到不忍释手。①

正是如此，林、凌二人固然同为女性，同样因为北京的文化特质而擅于体现旧社会、旧式家族中的女性婚恋问题，但家庭背景的异同，毕竟影响到二人对于北京此一城市的文化记忆与想象方式。就凌叔华而言，她的"北京故事"由写女性婚恋故事为主的小说开始，之后扩及以自己童年生活为蓝本的《古韵》。它们奠基于京城世家自幼以来的家庭记忆，体现的是浸染其中的文化陶养。来自台湾的小女孩林海音，却是要以边缘的城南为起点，婚后才逐步体认到京派文化，由"城南旧事"，渐次发展至"婚姻的故事"。而由《城南旧事》与《古韵》的对照，不仅可见出二者的歧异，更可据以检视孩童、女性、"京派文学"传统与北京城市文化间的复杂关系，以及《古韵》在"文化翻译"上的另一意义。

---

① 连士升：《新加坡版〈凌叔华选集〉序》，收入《凌叔华小说集Ⅱ》，第464页。

（二）由《城南旧事》看《古韵》：孩童、女性、"京派文学"传统与北京城市文化

乍看之下，《古韵》与《城南旧事》实有诸多相类之处。首先，二者都是成长于北京的女性作家追忆童年的自传体小说，关于北京的都市想象与文化记忆，理所当然地浸渗于二书的字里行间，成为重要的风格标记。其次，"小女孩"的性别身份与年龄特质，决定了它们要以"孩童"及"女性"的视角，去张望世态，体验人情。此外，在形式上，二书皆由若干可以独立成篇的章节组构而成，不少情节，或是独立出来，作为单篇小说发表；或是化入其他散文杂记之中，以不同的文本形式出现，形成记忆与想象、纪实与虚构、自传与小说杂糅不分的现象。[1]

容或如此，《古韵》与《城南旧事》的歧异处，仍然不少。明显可见的是，《古韵》就以叙写大家庭的女

---

[1] 《古韵》是一本十三万言的自传体小说，全书分十八章，每一章都可以独立，当作一短篇小说来读。凌叔华的小说《搬家》《一件喜事》《八月节》，便分别是由《古韵》的第三、第四、第五章所独立出来而成篇者；林海音《城南旧事》的许多情节，也在《我的京味儿回忆录》中，不断以不同的形式出现。

性婚恋、人情是非为主。无论是母亲如何嫁给父亲,成为"姨太太";各房"妈妈"及其下人之间如何明争暗斗;抑或年幼的自己如何寂寞地在自家庭院中"画墙"、在房中从师习画,在在以封闭的文本空间形式,构筑出传统官宦家族的文化氛围。最后,虽然主角为因应新式教育,赴外地就学,场景随之拓展至日本、天津等地,但京城大家族的家居生活,毕竟是全书重点。[①] 相对于此,《城南旧事》由英子一家人卜居城南落笔,以英子离家上学及与同伴嬉游为延展动线,辐辏出的,则是城南街巷中的世情风光,是四合院中,一般平民百姓的哀乐人生。而值得注意的是,恰恰是这些歧异,引导我们进一步观照孩童、女性、京派文学传统与北京城市文化的相关问题。

众所周知,凌叔华是为"京派"的重要代表性作

[①] 耐人寻味的是,《古韵》凡十八章,以《穿红衣服的人》作为全书篇首,该章记述的却是儿时在街上看见死刑犯砍头示众,以及父亲公堂断案的情景。它或许未必与"孩童""女性"的视角直接相关,却未尝不是以"奇观"展演的方式,为读者揭开观览中国的序幕。说详后文。

家；① "京派"的审美理想，原是以追求冲淡平和，赞颂原始、纯朴的人性美、人情美为尚。而"淳厚、善良、美好的人性除保留在农村以外，还往往本色地体现在天真无邪的儿童身上。因此，京派小说有不少是以儿童生活为题材，表现和讴歌童真美的"。②凌叔华每每怀恋童年，擅写童心童趣，论者甚至以为：

  用童心写出一批温厚而富有暖意的作品，正是凌叔华为京派作出的贡献。③

  据此，放在新文学以来的女性书写谱系中检视，凌叔华的"京派"特质，或许正所以促使她开展出与陈衡哲、卢隐、冯沅君等同期女作家不同的面向。
  然而，凌叔华笔下所披露的孩童世界，果真是纯然的童心童趣吗？朱光潜读《小哥儿俩》一文早已

---

① 所谓"京派"，主要成员有三：一是20世纪20年代末期"语丝社"分化后留下的偏重讲性灵、趣味的作家；二是与"新月社"有关者；三是清华、北大等校的其他师生。参见严家炎：《中国现代小说流派史》（北京：人民文学出版社，1989年），第205页。
② 《中国现代小说流派史》，第229页。
③ 《中国现代小说流派史》，第222页。

指出：

> 在这几篇写小孩子的文章里面，我们隐隐约约的望见旧家庭里面大人们的忧喜恩怨。他们的世故反映着孩子们的天真，可是就在这些天真的孩子们身上，我们已经开始见到大人们的影响，他们已经在模仿爸爸妈妈哥姐们玩心眼。[①]

检视凌叔华以孩童为主角的小说，朱氏所说的，大约是《开瑟琳》《小英》，以及《一件喜事》《八月节》等若干篇章。它们大都借由小女孩的眼光来张望世情，特别是，旧家庭中的人情是非。而这些旧家庭的种种，其实正得自于她自己的童年记忆。如《小英》的种种，隐约是《古韵·两个婚礼》中"五姐"出嫁情节的投影；《一件喜事》《八月节》，则根本原就是《古韵》中自叙童年之章节的移植——凤儿母亲在连生三个女儿

---

① 朱光潜：《"小哥儿俩"》，收入《凌叔华小说集Ⅱ》，第461页。

之后，发愿不再生孩子，为的是算命的说她命中注定有七个女儿，大家庭重男轻女，被传为笑谈。而她的三姨娘，正是因为生下了家中的唯一男孩，趾高气扬，连房中的丫鬟都因此盛气凌人。于是，父亲迎娶六姨娘的"一件喜事"，反而成了五姨娘黯然神伤的缘由。八月节里，作为四姨娘的母亲纵然万般不情愿，也得忍气吞声，到三姨娘房中去陪着打牌。在这样一个旧式大家族中，即使原本天性如何真纯童稚，即使自幼便是备受呵护的"安琪儿"，又怎能不"望见旧家庭里面大人们的忧喜恩怨"呢？

以是，当论者将凌叔华纳入其实多数不是北京人的"京派作家"之列（如沈从文来自湘西，废名原籍湖北），并为他们总结出共同的文风，如：赞颂纯朴原始的人性人情之美、发扬抒情写意的写作手法，以及在总体文风上的平和、淡远、隽永与语言使用的简约、古朴、活泼、明净等，凌叔华出生并成长于北京官宦之家的个人背景，以及身为女性的性别身份，毕竟要使她别出于其他"京派作者"，成就其个人之殊异处。而这一版本的"北京故事"，正所以提示我们：北京作为一座跨越了绵长时空的历史古城，作为种种传统家族文化具体而微的集结地，对于出生、成长其间的"女/孩子"而言，所铭记下的文化记忆，是如何不同于成年男性——尽管文字同样简约明净，"原始的人性人情之美"中，却不免要渗入女性婚恋的辛酸愁怨；"天真无邪的儿童"，望见的却是"旧家庭里面大人们的忧喜恩怨"。它体现了孩童、女性、"京派文学"传统与北京城市文化的多重交会，也是城市、性别、文学风格互动互涉的实况展演。

（三）古韵：北京小女孩在英国

更有进者，若检视《古韵》所以成书的始末，则其间尚且因为文化"翻译"的介入，另有可资细究之处。一方面，在凌叔华的创作历程中，它属于后期之作，成书之后，凌的写作转以散文与剧本为主，不再致力于小说，而且书写题材也大多无关于北京，故此书可视为她北京书写的集大成之作。再者，它原是一本以英文写就的自传体小说，1953年由伦敦Hogart出版社出版，1969年再版。Hogart出版社实际上是英国女作家弗吉尼亚·伍尔芙与她的先生所合办,而凌叔华正是伍尔芙的仰慕者。1938年春,中国对日战事方殷,凌叔华则于战争所带来的苦闷不安中,与伍尔芙开始书信往来。伍尔芙鼓励她以英文书写个人传记,而且,据伍尔芙好友萨克维尔-韦斯特(Sackville-West)为该书所作的序文,她在收到该书初稿时,曾去信凌叔华,给予肯定评价:

> 我写信是要告诉你,我很喜欢它,它很有魅力。当然对一个英国人来说,开头读起来有点困难,有些支离破碎。英国人一定闹不清那么多的太太是谁,不过读一会儿就清楚了,然后就会发现一种不同寻常的魅力,那里有新奇诗意的比喻,……在形式和意蕴上写得更贴近中国。生活、房子、家具,凡你喜欢的,写得越细越好,只当是写给中国读者的。然后,就英文文法略加更易,我想一定可以既能保持中

国味道，又能使英国人觉得它新奇好懂。①

因此，此书之完成及出版，实与伍尔芙颇有关联。由于全书是从自己还是一个稚龄小姑娘时的所见所闻说起，在那样一个清末民初官宦人家的复杂大家庭中，光是"母亲们"就有六个，兄弟姐妹有十几个，远近亲姑妈等及佣人仆妇无数，如此复杂的家庭关系，显然一开始把帮她出版写序的韦斯特女士弄得眼花缭乱，但又深被吸引。她因此在原序中说：

> 在这部回忆录中，有些章节叙述了懒散的北京家庭纷繁的日常生活，很有意思。伍尔芙夫人说得明确，英国读者也许闹不清那么多太太，但很快就对大妈、二妈甚至四妈、五妈熟悉起来，更不用说九姐、十弟了。情节富于喜剧色彩，但当三妈拽着六妈的头发，尖声叫骂，连推带搡拉到院子里的时候，你不会觉得滑

---

① 见薇塔·萨克维尔－韦斯特著，傅光明译：《〈古韵〉原序》，《中外文学》（北京，1991年第3期）。

稽;……对我们来说,它比《天方夜谭》更引人,因为它是取自一个同时代人真实的回忆。①

从接受心仪的英国女作家伍尔芙建议,以英文写出"既能保持中国味道,又能使英国人觉得它新奇好懂"的故事,到让英国读者读来觉得"它比《天方夜谭》更引人,因为它是取自一个同时代人真实的回忆",甚且,还在英语世界中再版发行,《古韵》的意义,遂不只是凌叔华个人的成长纪事而已,它同时杂糅了中西方文化交流中的翻译、生产与消费等诸多复杂问题。作为古老中国的代言人,凌叔华的此一"北京故事",成功地为西方读者勾画出"一个被人遗忘的世界","而且那个古老文明的广袤之地似乎非常遥远"。较诸于单纯"为了回忆童年,使之永恒","我只要读者分享我一点缅怀童年的心情"的《城南旧事》,《古韵》显然具有更多东方主义式的迷魅。

故而,相对于在台湾诉说"台湾小女孩在北京"的

---

① 《〈古韵〉原序》,《中外文学》。

《城南旧事》，英文写就的《古韵》，反倒以"北京小女孩在英国"的姿态，为西方人形塑，甚至，坐实了对古老中国的想象。正是如此，如果说《城南旧事》是以多重边缘性视角的交会，超越了主流视角的观照局限；那么，很吊诡地，《古韵》在英语世界的风行，却恰恰是作者以身在中国"主流文化"中的诸般特色，成就了西方对它"边缘"性的、富于异国情调的阅读与想象——它以曾是数百年帝都的北京城为背景，让中国官宦世家中的妻妾纷扰，成为主要的文化记忆；它以《穿红衣服的人》一章作为全书开篇，让死刑犯的砍头示众、父亲的公堂断案，作为开展古老皇城都市想象的基点，[1]凡此，未尝不是借由一种"奇观"展演的形式，将中国社会文化中最具特质、最能吸引西方读者的种种，"翻译"至西方世界。而跨文化互动中，中国相对于西方的"边缘"位置，以及因之产生的神

---

[1] 参见《古韵·穿红衣服的人》，收入《凌叔华文集》（北京：燕山出版社，2001年），第218—223页。

秘气息,正是它所以深具魅力的关键。①

四、结语

如前所述,"北京"曾是林海音与凌叔华文学书写的共同焦点。即或如此,出自两人笔下的"北京故事",却显有不同。林海音虽然自称"凌迷",私淑于凌叔华,但台湾人的身份,使她与北京城的关系,终不免总要在内外之间游移,在即离之间摆荡;对于北京所代表的、旧式家族文化的体认,只能从婚后的耳闻目见开始。然而,此一女性与婚恋主题,却在返台之后,不断延展,并扩及至对台湾女性婚恋问题的关注。她小说的个人特色,更是由此凸显。凌叔华出身京城大家,自幼即于旧式家族文化中浸染陶养,对其间的性别不平等关系体验

---

① Ancient Melodies 在伦敦出版后,极为英国文化界关注。英国读书协会(Book Society)评它为当年最畅销的名著,《星期日泰晤士报》文学增刊还特别撰文加以介绍,凌叔华也因此驰名于国际文坛。相形之下,它在中国的反应却十分冷淡,中文本迟至1991年才由傅光明译出,出版后也不见太多回响。据此,它对西方文学界的意义,实远超过中国本身。

尤深，遂使她虽被视为"京派"，所观照的视角，毕竟要有别于其他"京派"男性作家。她中岁以后长居海外，那一份源自于古城北京的童年记忆，更因随《古韵》，成为西方想象中国的重要来源。离乱动荡的岁月里，两位女作家远离政争烽火，超越国仇家恨，各自于北京之外追忆童年，怀想京华，开展出的视野，固然各有天地，铭记下的"故"事，却同样告诉我们：一座具有长久历史的古城，是如何以自身独特的都市想象与文化记忆，覆盖了家国政治的喧嚣扰攘；而作为女性，又将可以用何其不同的书写姿态，为那一个逝去的时代，留下动人的脚注。

女性意识、现代主义与故事新编
——李渝的小说美学观及其《和平时光》

一、前言

即使生活在现代,古老的故事与文学经典仍然是我们生活中的重要精神资产。它展示着人文世界中不曾遗忘的过去,却也因为被不断地改写衍生,投射出书写者的特定关怀与时代风貌。此一文学现象古已有之,源远流长;自鲁迅《故事新编》以短篇小说系列结集出版之后,更隐然成为现代文学中的一个次文类,不断召唤有心者耕耘灌溉,琢之磨之。[1]

另一方面,"现代主义文学"素来追求创新与"陌异化","女性主义"则以批判父权、解构大叙述是尚。面对具有强大传统元素的"故"事,身为女性的现代主

---

[1] 继鲁迅《故事新编》之后,此一书写模式在现代文学中不绝如缕,相关研究可参见祝宇红:《"故"事如何"新"编——论中国现代"重写型"小说》(北京:北京大学出版社,2010年)。

义文学家,将会如何进行"新"编?放置在文学史的发展脉络中,此一"新编"又将具有怎样的意义?在此,已故女性小说家李渝取材于先秦刺客复仇故事的《和平时光》,恰与鲁迅的《故事新编》中的《铸剑》形成饶有兴味的对话,正是一个值得注意的切入点;而她的小说美学理念,适所以成为研探其"故"事新编之作的关键。

二、李渝的小说美学观:从女性意识到(现代主义)女性书写

早在20世纪60年代就读台大外文系时期开始,李渝就在白先勇等人创办的《现代文学》上发表文学创作,深受业师聂华苓激赏。[1]大学毕业之后,她与丈夫郭松棻共同赴美深造,攻读美术史。其后,曾因投身保钓运动而中辍写作多年,20世纪80年代才又重新回到文学,此后笔耕不辍。先后出版《温州街的故事》《应答的乡

---

[1] 当年聂华苓受邀在台大开授小说习作课程,李渝曾是修课学生,其习作深受聂华苓赏识。

岸》《金丝猿的故事》《夏日踟躇》《贤明时代》《九重葛与美少年》等小说集，艺术史论文著作与红楼梦评论《拾花入梦记》，以及文集《那朵迷路的云》。在她重回文学的20世纪80年代，台湾女性主义思潮方兴未艾，自中学时期起即立志未来要成为"女"作家的李渝，[①]同样就此发表了不少论述。所触及的论题，从画作中的女性形象，到女明星女演员；从谈女动物学家和猩猩的故事，到娜拉的选择；多元丰富，不一而足。欲梳理她的美学观，不妨先从她的女性意识开始。

（一）女性的故事

有别于其他激进的女性主义作家，李渝谈女性问题，首先从波伏娃《第二性》出发，强调"女性意识"必得奠基于"存在意识"。她念兹在兹的，不是性别之间的对抗，而是超越升华。她期许女性"不但要从卑属奴从于男人的处境里脱身，达到两性平等的地位，更要把自

---

① 李渝在写于中学时的《我的志愿》一文曾表示："一个人既生存世上，就不能不有一个对于将来的希望，以发扬生命的光辉，充实生命的意义。我的希望是将来成为一个女作家。"《中国一周·青年园地》（1958年9月8日）。

己当做一个'人',由自由的意志从而建立自己成为一种更好的个人"。也因此,"更有效的妇运的命题,也许要从男女平等升进到女性的自由选择权利——不是以男性,而是以更好的人,更好的生活,更好的远景为指标,为自己的存在做出自由选择的权利"。①

正是如此,落实在对于各女性人物的具体评论上,她认为大家赞扬法国女演员让娜·莫罗（Jeanne Moreau）,"不仅只是认可她的艺术成就而已;这赞扬里还包含了她作为一个个人,作为一个上进的女性的敬意。她以行动改变了自己的命运,成就了今日的地位。在她从演而导的过程中,我们看到了一个女性的努力"。②因此,谈到女作家,她便以获得诺贝尔奖的南非作家纳丁·戈迪默为例,强调她虽然写政治小说,却不让政治干涉小说,实则脱离了政治小说;虽然写南非,她不黑白二分情况,超越了本土观和地域性,达到了评论家们所赞扬的"人类的幅度"。因此,在身为女作家方面,她也走出了"女"作家的局限,表现了她反抗意

---

① 《娜拉的选择》,《中国时报·人间副刊》(1986年5月11日)。
② 《女明星·女演员》,《中国时报·人间副刊》(1983年3月8日)。

识的另一面成就。[①]

但更饶有兴味的，应是她对于《伊甸思絮——我在婆罗洲与橙色猿生活的年月》（*Reflections of Eden: My Years with the Orangutans of Borneo*）一书的评论。该书作者毕鲁蒂·加迪卡斯（Birutė Galdikas），是一位祖籍为立陶宛的女性灵长类动物学家（primatology）。她在1971年获得原始人类学著名学者路易斯·利基（Louis Leakey）的赞助，来到印度尼西亚的原始森林，就此和猿群以及原住民生活下来，不只调查研究，还"成为猿群的一分子，作孤儿猿的代理妈妈，受伤和受危害者的看护，把它们养育成长后再放回森林里去"。她以谦卑的态度对待猿群，与它们建立"熟悉而亲昵"的友谊，后来成为类人猿学上的著名的三位女性学者之一。这本书视原始森林为伊甸园，它写橙色猿，也写自己的生平。橙色猿（Orangutan），是生长在南亚洲的婆罗洲和苏门答腊的长臂猿，毛为棕红色，中国大陆译为"印度尼西

[①] 《葛蒂玛的〈朱利的族人〉和她对"女作家"的看法》，《中国时报·人间副刊》（1991年11月28日）。又，同样的观点，也出现在她的《梦归呼兰——谈萧红的叙述风格》一文中。

亚猩猩",或"橙色长臂猿"。姑不论此一"橙色猿"是否即是《金丝猿的故事》"金丝猿"之所本,通过这部被李渝视为"女性主义书籍"的作品,她其实想说的是:传统科学向来由白种男性主持,穿上雪白冰凉的白色研究衣,冷静又严峻。男性科学家注重客观归纳思考分析,有具体的假设和先论,有规则的过程,数据决定结论,指数、筹码、计算机化一切,高高在上。他们怀着强势者的态度和征服目的,要自然就范,御为人类的隶属。然而"女性科学"却不是这样的,女性在人类史上本来就是受欺压的弱势者,"从自己的经历而知道同情和爱护,用弱者的谦卑亲和来呵护,用自己的身体去接触、抚摸和拥抱"。正是此一具有女性气质的科学研究,"宇宙和生命才能和睦绵延悠长",因为,它的特质是:

　　介入的,亲身感受的、移情的、给予的、承受的、人化的、和自然共处共分同享的、抒情的。①

事实上，对于李渝而言，"亲身感受的""人化的、和自然共处共分同享的、抒情的"态度，远不止于女性科学研究而已，它同时是李渝文学书写的夫子自道。以此为起点，我们乃得以进一步深入她的小说美学观与文学实践。

（二）叙述的方式

李渝关于小说美学的论述，以"多重渡引观点"之说，最常为人引述。所谓："小说家布置多重机关，设下几道渡口，拉长视的距离，读者的我们要由他带领进入人物，再由人物经过构图框格般的门或窗，看进如同进行在镜头内或舞台上的活动，这长距离的，有意的'观看'过去，普通的变得不普通，写实的变得不写实，遥

---

① 《来自伊甸园的消息——女动物学家和猩猩的故事》，《中国时报·人间副刊》（1995年5月8—9日）。

远又奇异的气氛出现了。"[①]事实上,构成此一"渡引"观点最重要的元素,乃是"视角"与"语言":

> 一篇小说吸引人的地方,通常在它的叙述观点或视角。视角能决定文字的口吻和气质,这方面一旦拿稳了,经营对了,就容易生出新颖的景象。[②]

然而,怎样的"视角"才能吸引人?又是怎样的"文字",才容易生出新颖的景象?这就不得不回到具有女性特质的,"亲身感受的""人化的、和自然共处共分同享的、抒情的"态度。而此一态度,又与中国早期"现代(主义)派"小说的生成息息相关。李渝曾明白表示:

---

① 《无岸之河》,《应答的乡岸》(台北:洪范书店,1999年),第8页。王德威教授即曾就此结合了李渝关于绘画艺术的论述,就其小说之"渡引"美学,做过极为精彩的论析。参见王德威:《无岸之河的渡引者——李渝的小说美学》,收入李渝:《夏日踟躇》(台北:麦田出版社,2002年),第19—25页。
② 《无岸之河》,《应答的乡岸》,第7页。

20世纪中文小说的现代派,主要是由20世纪20、30年代的女作家启引了以后的脉络发展的。①

其原因,即在于她们富于女性特质的语言,不仅塑造出崭新的语法形式,并且突破了过去"说书人"的叙述成规,为中国现代文学开显新貌。1989年,李渝在《女性人》创刊号上发表《梦归呼兰——谈萧红的叙述风格》。即由萧红小说《手》的叙事者"我"谈起,所着眼的,便是叙事视角之运用:

> "我"在语法上属第一人称,在叙述功能上既然是位旁观者也就属于第三人称,同时具备了介入者和局外人双重身份。用这样的"我"来说故事,"我"和情况之间存在着微妙的关系。……"我"与情况之间取哪种空间或距离

---

① 《呼唤美丽言语》,《联合报·联合副刊》(1997年5月20—22日)。

常能决定叙述的语调或口气。①

所谓"微妙的关系",指的是:如果"我"的个性强过(所叙述的)情况,常要站出来干涉指导情况,借情节或人物的口表露自己的立场,文章的批判性就会胜过一切,20世纪30年代社会写实以及后来的左翼文学的问题,往往就在于此。在李渝看来:这类叙述方式中,作者功能其实类似于过去传统白话小说的"说书人",致力的是介绍背景,诉说事件原委;叙事重在经由情节与时间上连贯出前因后果。然而萧红小说叙事的最大特色,却是在作者与题材之间拉出"观"的距离,使读者—作者—题材之间的关系发生了移位。她平淡的语气来自遥远的视点,让叙事者由"说书人"变成了"视者"。视者"摆脱了交待故事的职责,却能目击情况,直接受感于象,用一种呈现性远多于解释诠释交待性的文体来进行叙述"。经由《手》与茅盾《春蚕》两篇小说的开头处对比,李渝指出:《春蚕》一开始,就把人物(老

---

① 《梦归呼兰——谈萧红的叙述风格》,《女性人》创刊号(1989年2月),第90—112页。

通宝)、地点(塘路)、时间(清明)交代得十分清楚,叙述过程井然有序。但《手》的开头却十分突兀:

> 在我们的同学中,从来没有见过这样的手:蓝的、黑的,又好像紫的;从指甲一直变色到手腕以上。

它的叙事横空而出,没有事件的前因后果,却充满了视觉性感象。相对于传统"说书人"的工作是把事件情况总揽在手,以逻辑秩序重组后再现给读者,"视者"的世界往往是片面的、落单的、散陈的、倏忽而偶然的。它没有成竹在胸,全局在眼,没有一条明确紧凑向前迈进的故事主线或者道德意识可遵循。依赖的是大量自然物象的描写,而这些物象上又总是寄寓了视者自身的情感而成为"感象"。一旦化为句构,每每便突破传统文法,为汉语书写带来新变。

1997年,李渝写下《呼唤美丽言语》一文,指出:传统中国社会制造了女性的无声和无语,但文学,却促成了新声新语。20世纪初期的女作家如冯沅君、凌叔华、萧红、丁玲等，莫不是文学史上的"娜拉"，她们试图从男性的语言牢笼中出走，各自寻找自己的世界，而女性的身体感官和生活特质，便是促成其得以开创新声新语的关键要素。不同于男作家的泰半外求，女作家的写作每每是"跟着感觉走"。"她们不注意文法规则、小说形式和结构，常常由情感或情绪带领叙述，感觉到哪里算哪里，句子常常写得很长，文字速度闲缓，语声日常，语言私自，……"①

叙事既然以感觉为尚，于是，无论是叙述视角，抑或文字语言，自然也就无须谨守章法逻辑，呈现出跳跃、闪烁的特质。李渝举萧红《呼兰河传》《旷野的呼喊》《小城三月》等文字为例，提醒我们注意：

> 传统小说常用的线状结构不见了，没有一个向前引进的明确故事脉络，没有固定而统一的观点，视界不明。叙述者和题材之间的距离暧昧起来，作为媒介的说书人似有又没有，不

---

① 《呼唤美丽言语》，《联合报·联合副刊》（1997年5月20—22日）。

知在哪个立足点发声。但是作者读者之间的距离却拉近了，近到两者的身份和关系开始不清楚，时时有彼此混淆、互换、合一的情形。只是无论各别的身份定义是甚么，两者都亲临现场、亲身参与。

回到"视角"与"文字"的问题。如果说，"视角能决定文字的口吻和气质"，那么，当视点、距离、时态一旦暧昧，故事本身也就形状恍惚，不具明确的情节或架构。由它所决定的文字，遂于"大量使用逗点和句点以后，句形排列出，与其说是再现的情景，不如说是心情、心绪的状态，类近意识流"。因此，"句子可以随时叫停，互换，触引了停搁、踟蹰、失神的效果，生出恍惚、倏忽、疏离、暧昧，虚无空灵的气氛，更重要地，制造了文字的空间、速度和节奏"。就此而言，这已接近于"现代主义"式的写作了。

另一方面，正是由于回归到个人的身体、感官与心理情感，让叙述者以自身之闻见与情绪反应引领读者进入小说人物的世界，所有小说中的情景，遂都不只是再现事件的现实场景，同时也是"视者"心情与心绪流动的体现。它不只邀请读者亲临现场，更要在情景的交融流变之中，邀请读者进入作者的意识与心绪深处，共感共通，相与进退。所谓"物色尽而情有余"，就形式言，它固然已可归诸"意识流"的现代主义文学技法，但此一"意识"，却是源自于（女性）作者的敏感与深情。参照李渝的小说，从最早的《水灵》开始，举凡《温州街的故事》系列、《应答的乡岸》《金丝猿的故事》《贤明时代》，以迄于最后的小说集《九重葛与美少年》，几乎都可看到此一特质的一以贯之。[1]她以论述向萧红致意，却不啻现身说法，从女性角度为我们揭示其个人"现代主义小说"之"抒情"性格的根源。而取材于先秦刺客复仇故事的中篇小说《和平时光》，正是她绾合了女性意识、现代主义文学理念，与现代文学大师鲁迅对话，并为"故"事开显新貌的最具代表性作品。

---

[1] 以上论述亦可参见梅家玲：《呼唤美丽言语——李渝的文学教室》，《印刻文学生活志》148期（2015年12月），第78—81页；《无限山川——李渝的文学视界》，收入梅家玲、钟秩维、杨富闵编：《那朵迷路的云——李渝文集》（台北：台大出版中心，2016年），第1—20页。

三、《和平时光》的"故"事与"新"编

2005年,李渝出版中篇小说集《贤明时代》,收录三篇"故事新编"之作,《和平时光》即为其中之一。[①] 小说由两段复仇故事构成:一是韩公子舞阳密令剑匠聂亮铸剑,刺杀季父,为父复仇;二是聂亮铸剑完成后为舞阳所戮,其女聂政矢志为父复仇,苦练剑术琴艺,甚至为图接近韩王,不惜毁容毁音。尽管历经万难,却在入宫奏琴时与识曲擅琴的韩王成为知音,放弃行刺。而后,韩王识才用能,宽和行政,"在华夏即将全面陷入暴乱的时期,缔造了一段难得的和平时光"[②]。全文凡三节:"铸剑""复仇""猗兰操"。从前两节题名,很容易令人联想到鲁迅《故事新编》中的《铸剑》[③]:该小说叙述铸剑师干将为王铸剑之后见戮,其子力图报

[①] 《贤明时代》共收录《贤明时代》《和平时光》《提梦》三篇小说,其中《和平时光》原刊于《印刻文学生活志》2期(2003年10月)。
[②] 李渝:《贤明时代》(台北:麦田出版社,2005年),第166页。
[③] 1927年,鲁迅在《莽原》半月刊发表短篇小说《眉间尺》,1932年编入《自选集》时改名为《铸剑》,之后并与其他取材自神话传说的新编之作共同结集为《故事新编》。

仇的经过,[①] 相对于鲁迅其他"新编",它应是较为"认真"的一篇,历来论者大都给予高度评价,所论或集中于鲁迅对人物性格的深入刻画、细节之增补;或是复仇"以后"情节的添加,以及因之而生的、对于复仇之正义与正当性的消解、嘲谑与批判等。

李渝曾多次提及年轻时深受鲁迅影响,《和平时光》叙述剑匠之女为父复仇的故事,虽然主角人物不同,然而以小说向鲁迅致意、与鲁迅对话的意图宛然可见。耐人寻味的是,李渝并未为《贤明时代》全书撰写任何序记,却独独在这篇小说之后附上了一篇《后记——关于"聂政刺韩王"》,说明其本事之所从出,以及它与古代音乐美术的关联。很显然地,尽管此一本事最早出现于《战国策·韩策二》"韩傀相韩",其后《史记·刺客列传》亦有记载,然而蔡邕《琴操》所叙的《聂政刺韩王》,才是李渝真正的"故"事之所"本"。不同于《韩策》之侧重政治斗争,《史记》彰显聂政的"士为

[①] 该本事当是取《吴越春秋》《列异传》与《搜神记》所述故事杂糅而成;其中《太平御览》所录存之《吴越春秋·逸文》叙写镤中三头相咬的场面,为其他文献记载所无,更是《铸剑》之所本。参见周楠本:《关于眉间尺故事的出典及文本》,《鲁迅研究月刊》5期(2003年),第61页。

知己者死",《琴操》一则将故事中的仇刺缘由转向了剑匠之子的为父复仇,再则,更凸显"琴"在此一故事中的关键作用:聂政先前为报父仇而习剑,入宫行刺未成;继而习得精湛琴艺,漆身毁音,落齿变相,入宫为王奏琴,终得于韩王醉痴于琴音之际,抽出琴中预藏的匕刃刺杀韩王,最后自刎身亡。

在此,"琴"无疑是继"剑"之后,完成"复仇"行动的重要关目。《和平时光》承此衍发,因此不仅以同样出自《琴操》收录的古曲《猗兰操》作为最后一节题名,并且着力经营二者间的辩证关系,凸显"新"编之用心;但另一方面,李渝将主角聂政的性别由男性转换为女性,将原本是刺杀对象的仇敌改写为识曲的知音者,因而放弃行刺,化血腥暴力为艺术与和平,毋宁更值得注意,而这正是其"女性意识"与"现代主义文学"的具体美学实践。她以此向鲁迅致意,却终究是要自出机杼,别开洞天。

(一)"剑"与"琴"、"暴力"与"艺术"的辩证

无论是鲁迅《铸剑》抑是李渝《和平时光》,其故

事起因皆缘于剑匠为王铸剑后为王戮杀；子女为报父仇，同样以剑（匕刃）作为行刺之具；"剑"作为夺人性命的"凶器"，其暴力血腥性格，不言可喻。相对于此，"琴"之所作，原本即为调理情性之用，[①]其后更成为君子雅士修身养性的寄托，向来被赋予高度美学与艺术性的想象。然而，"剑"是否同样可以开展出"艺术"的面向？而"琴"，又是否可能在有心者的运用之下，走向"暴力血腥"之途？《琴操·聂政刺韩王》记述聂政凭借精湛琴艺而入宫行刺韩王一事，正体现出"琴"实为启动复仇事件的重要凭借。《和平时光》推而进之，更就"琴"与"剑"演绎"暴力"与"艺术"的辩证。如开篇不久，叙写公子舞阳有刺杀季父季姜之意，奏琴时"弦声挑衅，音色刚愎，怨恨挞伐之心都在表面"；然而行刺前于花园练剑，所体现出的，却是"俊拔的神气，醉人的姿势，让陪伴在身旁的人儿心恍神迷"；[②]这便预示了"剑"与"琴"在一般被视为"凶器"与"修

[①] 如蔡邕《琴操·序首》即明言："昔伏羲氏作琴，所以御邪僻，防心淫，以修身理性，反其天真也。"
[②] 《贤明时代》，第110、121页。

身之具"的同时，其实还内蕴着另一悖反的能量。不止于此，无论是聂政父亲燃炉铸剑，"重复又重复，锻打又锻打"，抑是聂政从师习剑，"什么都看不见"，都于用心琢磨技艺的同时，遥指超越现实杀戮的美感境界。相对地，聂政父亲指导女儿琴艺，却是将"练琴"与"复仇"相提并论，[1]因此，"琴里一样是战域"，务必要"反复地摸索和摸索，锻炼又锻炼，学习在变化中知己知彼"：

> 于是学生昼夜奏弹如同执行攻击，击得一屋子都激扬着贯彻着声音，击得弦断了指甲折了，从折了的底下渗出血，染红了指头。[2]

最后，刺客夜暮入宫弹奏，琴曲由华美欢快而益趋悲凉，琤琮声中，所幻生出的，遂是两军对垒的战争场面：

---

[1] 父亲说："聂政，你要是在琴术上用下和复仇同等的苦心和精神，让琴术达到使听者忘神失我的地步，那时候，你就能完成为我复仇的誓愿。"《贤明时代》，第148页。
[2] 《贤明时代》，第149—150页。

峥峥嵘嵘开指，驱策出英勇的战士，全体进入战场，摆下无声的阵势。

旌旗萧萧地耸立，盔铠静静地闪烁，座马默默地等候。亲自带领麾下各军大夫、辅佐和司马，相击所得勇士护卫在左右，肃立在队伍的最前头。

沙尘扑打在脸上，劲风吹刮在耳边，飞扬起尘土，飙激起水石，张开千万把弓，两军无声地逼近。旗帜遮暗了日头，矛戈掩蔽了眼睛，敌人比乌云还汹涌。

……

人众渐渐减少，行列渐渐稀疏，箭尽了弩折了，刃钝了戟断了。士卒们都倒了，将军们都牺牲了，三军覆没，人体填塞着沟渠，鲜血沁红了土地，英魂和鬼神聚会，旷野充满了幽灵。

然而微妙的是，随着琴曲音声袅袅，弹奏的刺客，原先"手指紧握五指凹槽刺匕"，到后来却是"掌中的刺匕不见了"。"月光静照,弦音越发轻盈,释放了一路揽来的幽灵,现在只想牵引鸟声和兽声,风声林声和水声,于是各声聚会,相互厘定,声声相应,扶持援引,在循环又循环的余音里,走向静杳。"长夜渐尽,黎明将来,就在"音止的这时",人间琐屑的一天开始,

> 日光进入庭殿,在柱和柱间如同在弦和弦间寻找位置,各就各位,等待着。君和臣,敌和我,听者和奏者,复仇和被复仇的双边全体,都在水金色的光里融解。

聂政漆身毁音,矢志复仇,她苦练琴艺多年,念兹在兹的终极目标,便是携琴带剑,刺杀韩王。但是什么缘故,让她面对韩王之后放弃复仇,选择了和解?又是什么原因,使得原本满溢悲凉杀戮之气的琴音得以转为轻盈,止于静杳?琴与剑,暴力与艺术的辩证融和,固然是重要原因,但更关键的,毋宁是:

> 毕竟是面对面,相互倾诉了身世,聆听了

相互的故事，一同走过了过去。①

而这便涉及了小说的另一重要关怀：易"男性"为"女性"，化"复仇"为"知音"。

（二）易"男性"为"女性"，化"复仇"为"知音"

李渝曾在一项访谈中表示：女性的情质较男性温润且更具包容性，关注的是私人的历史与记忆，因此，

> 如果她作为一个小说的文本，那么从她可以读到的东西就比较多。到了《和平时光》，我最后干脆就用女的作为主角，因为女性才会发展人间关系。②

显然，正史中的男性刺客聂政，在《和平时光》中转变为女性，其实是李渝的有意为之。除此而外，另一

---

① 以上引文，俱见《贤明时代》，第161—165页。
② 郑颖：《在夏日，长长一街的木棉花：记一次访谈的内容》，收入郑颖：《郁的容颜：李渝小说研究》（台北：印刻文学生活杂志出版有限公司，2008年），第190—191页。

不可忽略的情节,乃是小说对于韩王舞阳身世及其"复仇"事件的新编。

究诸正史,战国诸韩王并未有以"舞阳"为名者。《战国策》《史记》《琴操》等本事记叙聂政行刺,也未曾提及韩王曾经历为父复仇之情事。《和平时光》叙述舞阳以季父季姜毒杀父亲惠王,为报父仇而聘请剑匠铸剑,之后戮剑匠、杀季父、弑生母,继位为召王,应是取干将莫邪之子之为父报仇,以及吕不韦与秦始皇嬴政之间的纠葛传说杂糅而成。李渝移花接木,巧为熔裁,一方面提示舞阳与聂政二人看似各别的"复仇"之举,其实既是环环相扣,也是冤冤相报;另一方面,它为二人营造若相彷佛的身世遭遇,声气相通的心绪情怀,最后让"君和臣,敌和我,听者和奏者,复仇和被复仇的双边全体都在水金色的光里融解",原因就不仅止于二人都是识曲擅琴之士而已,而是更多了一重彼此身世上的相互理解。她要告诉我们:原来,真正的"知音",是要同时兼括了音乐律曲与情怀心灵的相感相惜;其间的千回百转,只有女性人物才能深刻地感知体悟。

回到李渝的美学观与个人生命经历,此一易"男性"

为"女性",化"复仇"为"知音"的故事新编绝非偶然。如前所述,她的女性意识原就是强调"亲身感受的、移情的、给予的、承受的";女性能够"从自己的经历而知道同情和爱护";而她所坚信的"现代主义",则是"从悲剧中找力量"。[①]她亲历保钓运动的政治风云,沉潜多年后再度回到文学,所见所思,遂是悲剧中的力量、暴力之后的和平,是文学艺术中的超越与永恒。《和平时光》于《印刻文学生活志》发表后不久,她为香港《明报月刊》撰写"民国细诉"系列,借若干民国人物细诉生活日常中的人情人性,朝花夕拾,正是由此着眼。其中对于瞿秋白就刑前狱中生活的一段叙写,尤其具有代表性意义:

等候判决的日子,瞿秋白读书、练字、写诗,写"山城细雨作春寒,料峭孤衾旧梦残"的句子,写"夕阳明灭乱山中,落叶寒泉听不穷;已忍伶俜十年事,心持半偈万缘空"。最后一首诗。

---

① 《在夏日,长长一街的木棉花:记一次访谈的内容》。

据说狱中他刻出四百多个印章，写了许多字联，送给身边的人。铁窗前一刀一刀专心镂刻着印章、一笔一笔勤练着书法的艺术家，在生命的最后一程，毕竟是脱离了政治，回归了艺文的乡园，回到了"家"。[1]

如果复仇的结果只是冤冤相报，如果暴力的正义不过是以暴易暴，那么，以能够"发展人间关系"的女性取代执意于报仇雪恨的男性，以恒久绵长的艺术追求转化血腥的灭绝杀戮，是否能为宇宙人生开启不同风景？瞿秋白生命最后的艺文回归，正是面对无情政治之腥风血雨的超然响应。参照《和平时光》引《乐人传》为全文作结，"后记"所叙多围绕"聂政刺韩王"于后世音乐美术方面所受到的注意，李渝的用心，显而易见。

---

[1] 《在莽林里搭建乌托邦——中国才子瞿秋白》，《明报月刊》39卷7期，总号465期（2004年9月）。

(三)"视者"的世界:现代主义小说的女性抒情美学

现代主义作家向来相信语言会构成意义:只要找到精确的语言符号——如意象、象征,便可使作品充满意义。从作家立场看,现代主义传统是一种自觉成分浓厚的传统,不论诗人或小说家,都相信自己应该为现代生命找到精神上的出路,作家对于自身的角色有着高度的自觉与自我期许。这种自觉反映于小说的叙述技巧与叙事观点或视角的斟酌,奠定了现代主义在小说的形式实验方面最大的成就。[1]

如前所述,李渝的小说美学观强调"视者"——这便是有别于传统"说书人"、具有主观抒情特质并且富于现代主义文学精神的叙事者。视者"目击情况,直接受感于象,用一种呈现性远多于解释诠释交待性的文体来进行叙述",因此叙述视角经常飘忽闪烁,文字语言则充满视觉性或听觉性的"感象"。《和平时光》虽然侧重敷衍故事,而且并非以最适合观景受感的"我"作

---

[1] 参见蔡源煌:《从浪漫主义到后现代主义》(台北:雅典出版社,1987年)。

为叙事者，但无论"视角"抑或"语言"，所体现的，仍然是"跟着感觉走"的"视者世界"。而这也是在"故"事的情节内容之外，由书写体式所形构的"新"编。

整体而言，《和平时光》以看似一般定义下的全知视角展开叙事，然而用李渝自己的话来说，小说却有不少段落，"作为媒介的说书人似有又没有，不知在哪个立足点发声"。如聂亮铸剑完成，即将入宫献剑，母女一路送行的叙述，即是一例：

> 天渐舒白，行装早已准备妥当，聂亮将剑匣仔细放上背脊，由夫人纠正了衣物。
>
> 檐角螺花沾露，地霜一层晶莹，天边斜挂着不愿去的月亮，淡淡的一弯水印。一前一后三人踽踽行走，后面留出了彳亍的三串鞋痕。
>
> 依依送出了巷口，送出了路头，送出了郊邑。"回去吧。"聂亮说。
>
> 一程又一程，望见了城池，望见了城郭。"回

去吧。"聂亮说,"回去吧。"①

在此,叙事者既像是交代纪事,又像是喃喃自语,"不知在哪个立足点发声"。螺花沾露,地霜晶莹,月亮迟迟不愿离去,既是外在物象,也是内心感象,隐含着此去将成永诀的伤悲。而"送出了巷口,送出了路头","望见了城池,望见了城郭","回去吧","回去吧","回去吧",反复迭宕,又何尝不是以复沓萦回的言语节奏,投射出心绪的依依难舍,情感的宛转牵延。

不止于此,小说中以跳跃恍惚的文字、倏忽暧昧的时态进行叙事抒情的部分所在多有,以下这段叙述尤其具有代表性:

> 父亲搁在板车上送回来的时辰是正午,阳光白晃晃的没有一点暖意,被戮杀而失血的脸是青白的颜色;母亲从梁上解下的时辰是午夜,没有月亮的夜里,被悬挂而失血的脸是青黑的

---

① 《贤明时代》,第118页。

颜色。二脸轮番出现在荒久的夜里,手指挥甩,击打在脸上,击打在弦上,宫商角徵鹊起,扬起激昂的音符齐鸣,盘旋扯缠搏斗,一室的喧哗和泙砰,刀锋铮响玉石俱焚,从炼炉重新流出鲜红的铁浆,熔液和火焰燃烧又蔓延。[①]

这原是聂政苦练琴艺的时刻,然而伤恸回忆不时闪现心头:父亲见戮,母亲悬梁,她手指挥甩,奋力击打的琴弦上迭映着父母亲亡故失血的脸庞;琴声鹊起,有如铸剑时的刀锋铮响,玉石俱焚。回忆与现时,练琴与铸剑,杀戮仇恨与琴艺追求,是如此这般地交相错杂,倏忽流转。正午的阳光毫无暖意,午夜时分漆黑没有月亮,这是外在实景,更是内在心情。效果确乎如李渝所言:传统小说常用的线状结构不见了,叙事因随情感流变而迂回宛转;它以鲜明的意象召唤读者亲临现场,与主人公同情共感,相与进退;也以其间的女性情感与抒情特质,为"故事新编"开展出现代主义小说书写的崭

---

① 《贤明时代》,第150页。

新风貌。

四、结语

综观文学史发展，取材于古代故事而予以重新改写的文学现象总是奕代迭出，不绝如缕。20世纪二三十年代，鲁迅以《故事新编》为现代文学此类书写开启先河，无论他的态度是油滑还是认真，用心是批判还是嘲谑，他的男性观点与"写实主义"文学模式，始终是后继者的书写主流。然而，作为女性的"现代主义"作家，李渝却就此开展出完全不同的视野、关怀与叙事方式。她的女性意识奠基于存在主义，强调的不是性别之间的竞争对抗，而是期待女性要"以更好的人，更好的生活，更好的远景为指标，为自己的存在做出自由选择的权利"。她体察到女性情质中的温润包容、抒情易感，形诸书写，遂能够既着重于"发展人间关系"，又在书写上体现出跳跃、流动、注重"感象"的特质，从而牵动小说叙事视角与语言文体的新变。她所坚信的现代主原就崇尚"为艺术而艺术",强调语言建构意义、创造秩序的功能,而海外保钓的政治风云,更使她从中体悟到"从悲剧中找力量"的一面。也因此,与鲁迅《铸剑》取材相近的《和平时光》,遂在传统"复仇"事件之外,开展出暴力与艺术的辩证、化仇敌为知音的可能。

李渝的用心,使我们体认到"故事新编"的前瞻性意义:它不止是重述过去,反映时代,更重要的是投射了对于未来的想象并且寄托理想。读者或许不免要问:她的理想与想象是否过于一厢情愿,不切实际?文学与艺术,是否真能超越一时一地的现实局限,走向永恒?无论答案如何,李渝的美学信念与她的《和平时光》,都见证了当代女性作家有别于过去男性观点的关怀思辨与文学实践,以及因此而完成的,文学传统的创造性转化。

著述举要

学术专著

1.《汉魏六朝文学新论——拟代与赠答篇》,台北:里仁书局,1997年。

2.《古典文学与性别研究》(与郑毓瑜、蔡瑜、洪淑苓、康韵梅、陈翠英合著),台北:里仁书局,1997年。

3.《世说新语的语言与叙事》,台北:里仁书局,2004年。

4.《汉魏六朝文学新论——拟代与赠答篇》(增订版),北京:北京大学出版社,2004年。

期刊论文

1.《刘勰"神思论"与柯立芝"想象说"之比较与研究》,《中外文学》12卷1期(1983年6月),第140—154页。

2.《唐代赠序初探》,《国立编译馆馆刊》13卷1期(1984年6月),第194—214页。

3.《论〈杜子春〉与〈枕中记〉的人生态度——从"幻设技巧"的运用谈起》,《中外文学》15卷12期(1987年5月),第122—133页。

4.《论八股文的渊源》,《文学评论》(1987年),第9集,第311—334页。

5.《〈世说新语〉名士言谈中的用典技巧》,《台大中文学报》2期(1988年11月),第341—376页。

6.《〈毛诗序〉"风教说"探析——兼论其与六朝文学批评之关系》,《台大中文学报》3期(1989年12月),第489—526页。

7.《众声喧哗中的〈我妹妹〉——论张大春〈我妹妹〉

的多重解读策略及其美学趣味》,《联合文学》124期(1995年2月),第140—150页。

8.《论谢灵运〈拟魏太子邺中集诗八首并序〉的美学特质——兼论汉晋诗赋中的拟作、代言现象及其相关问题》,《台大中文学报》7期(1995年4月),第155—216页。

9.《汉晋诗歌中"思妇文本"的形成及其相关问题》,《文史哲学报》44期(1996年6月),第123—164页。

10.《依违于妇德与才性之间——〈世说新语·贤媛篇〉的女性风貌》,《妇女与两性学刊》8期(1997年4月),第1—28页。

11.《〈世说新语〉品鉴美学中的人与自然》,新加坡《新华文学》49期(2000年6月),第140—155页。

12.《发现少年,想象中国——梁启超"少年中国说"的现代性、启蒙论述与国族想象》,《汉学研究》19卷1期(2001年6月),第249—276页。

13.《白先勇小说的少年论述与台北想象——从〈台北人〉到〈孽子〉》,《中外文学》30卷2期(2001年7月),第59—81页。

14.《依违于妇德与才性之间——〈世说新语·贤媛篇〉的女性风貌》,《新文学》第1辑(2003年10月),第89—107页。

15.《林海音与凌叔华的北京故事》,《现代中国》第5辑(2004年12月),第145—158页。

16.《夏济安、〈文学杂志〉与台湾大学——兼论台湾"学院派"文学杂志及其与"文化场域"和"教育空间"的互涉》,《台湾文学研究集刊》创刊号(2006年2月),第61—102页。

17.《包天笑与清末民初的教育小说》,《中外文学》35卷1期(2006年6月),第155—183页。

18.《孩童,还是青年?——叶圣陶的教育小说与二〇年代青春/启蒙论述的折变》,《台湾文学研究集刊》第2期(2006年11月),第79—104页。

19.《流动的教室,虚拟的学堂——晚清蒙学报刊中的文化传译、知识结构与表述方式》,《现代中国》11期(2008年),第45—75页。

20.《女性主体与抒情精神——国光新编京剧的文学特质与文学史意义》,《中国文哲研究集刊》21卷1期

（2011年3月），第43—50页。

21.《有声的文学史——"声音"与中国文学的现代性追求》，《汉学研究》29卷2期（2011年6月），第189—233页。

22.《城市，空空如也？——开封与当代都市女性成长小说》，《汉语言文学研究》3卷2期（2012年6月），第35—40页。

23.《说"文"解"字"：张贵兴小说与"华语语系文学"的文化想象及再现策略》，《清华学报》48卷4期（2018年12月），第797—828页。

专书论文

1.《雌雄同体／女同志的文本解读——从〈安卓珍尼〉谈当代小说教学时的理论应用及其相关问题》，《现代文学教学研讨会论文集》，台北：台湾大学中文系，1996年7月，第15—49页。

2.《二陆赠答诗中的自我、社会与文学传统》,《汉魏六朝文学新论：拟代与赠答篇》,台北：里仁书局,1997年5月,第235—294页。

3.《论建安赠答诗及其在赠答传统中的意义》,《魏晋南北朝文学国际学术研讨会论文集》,南京：南京大学出版社,1997年9月,第196—247页。

4.《六朝志怪人鬼姻缘故事中的两性关系——以"性别"问题为中心的考察》,《魏晋南北朝文学与思想学术研讨会论文集》,台北：文津出版社,1997年9月,第55—84页。

5.《〈倾城之恋〉中参差对照的苍凉美学》,《阅读张爱玲：张爱玲国际研讨会论文集》,台北：麦田出版社,1999年10月,第257—275页。

6.《梁启超〈少年中国说〉与晚清"少年论述"的形成》,《晚明与晚清：历史传承与文化创新》,武汉：湖北教育出版社,2002年3月,第64—79页。

7.《谁在思念谁？——徐淑、鲍令晖女性思妇诗与汉魏六朝"思妇文本"的纠结》,《古代女诗人研究》,武汉：湖北教育出版社,2002年8月,第129—144页。

8.《中国文学/系在台湾——以台大中文系为例》，《全球化时代的中文系》，台北：文史哲出版社，2006年6月，第43—56页。

9.《个人教学网页设计的理念与实践——以"梅网"为例》，《文学数位制作与教学》，台北：五南出版公司，2007年1月，第91—106页。

10.《从长安到洛阳——汉晋赋作中的京都论述及其转化》，《西安：历史记忆与城市文化》，北京：北京大学出版社，2009年3月，第89—103页。

11.《夏济安与文学杂志》，《中国现代小说的史与学》，台北：联经出版公司，2010年10月，第47—62页。

12.《晚清蒙学报刊中的文化传译、知识结构与表述方式——以〈蒙学报〉与〈启蒙画报〉为中心》，《儿童的发现：现代中国文学及文化中的儿童问题》，北京：北京大学出版社，2011年4月，第35—72页。

13.《城市，空空如也？——开封与当代都市女性成长小说》，《开封：都市想象与文化记忆》，北京：北京大学出版社，2013年1月，第457—469页。

14.《从北大到台大——台湾大学的新文学传承与转

化》,《解读文本：五四与中国现当代文学》,北京：北京大学出版社,2014年1月,第63—81页。

15.《战争、现代性与五〇年代台湾的文化政治——以妇联会"征衣工作"为例的探讨》,《林文月先生学术成就与薪传国际学术研讨会论文集》,台北：台湾大学中国文学系,2014年5月,第579—598页。

16.《现代的声音——"声音"与文学的现代转型》,梅家玲、林姵吟主编,《交界与游移：跨文史视野中的文化传译与知识生产》,台北：麦田出版社,2016年12月,第217—246页。

17. "Voice and the Quest for Modernity in Chinese Literature," *The Oxford handbook of modern Chinese literatures*, edited by Carlos Rojas and Andrea Bachner. 2016.12, pp.149-171.

专书编选

1.《性别论述与台湾小说》,台北：麦田出版社,

2000年。

2.《台湾现代文学教程：小说读本》，台北：二鱼文化，2002年。

3.《晚清文学教室——从北大到台大》，台北：麦田出版社，2004年。

4.《文化启蒙与知识生产》，台北：麦田出版社，2006年。

5.《台湾研究新视野——青年学者观点》，台北：麦田出版社，2011年。

6.《交界与游移：跨文史视野中的文化传译与知识生产》（与林姵吟合编），台北：麦田出版社，2016年。